講談社文庫

南部芸能事務所　season5
コンビ

畑野智美

講談社

目次

南部芸能事務所 season5

コンビ

登場人物紹介

南部芸能事務所の人々

メリーランド

溝口　**新城**

新城が大学の同級生の溝口を誘ってコンビを結成。事務所の若手エース。オーディション番組では決勝戦で敗退してしまう。

鹿島

事務所の正社員でナカノシマのマネージャー。新城と溝口とは同じ大学だった。以前、溝口に告白するもフラれた。

橋本

新城の親友。
津田の元彼氏。

美沙

新城の彼女。

インターバル

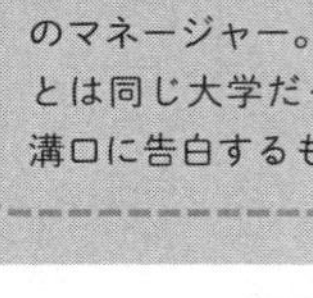

榎戸　佐倉

メリーランドの同期のライバルコンビ。業界最大手の事務所に所属。オーディション番組では敗退するも、活躍の場を広げる。

イラスト：石川雅之

ナカノシマ

中嶋　野島　中野

主にコントを行うトリオ。メリーランドの先輩。オーディション番組での優勝以降、多忙を極める。中嶋には妻と娘がいる。

スパイラル

川崎　長沼

お笑いブームの頃に人気を博したコンビ。長沼の体調不良を機に解散した。

津田あおい

ものまね芸人。ナカノシマと同期。アイドル並みにかわいく、バラエティ番組から女優業まで幅広く活躍。

南部社長

溝口の父親と組んで、漫才師を目指していた。

溝口・父

（故人）

漫談家。南部社長の元相方。

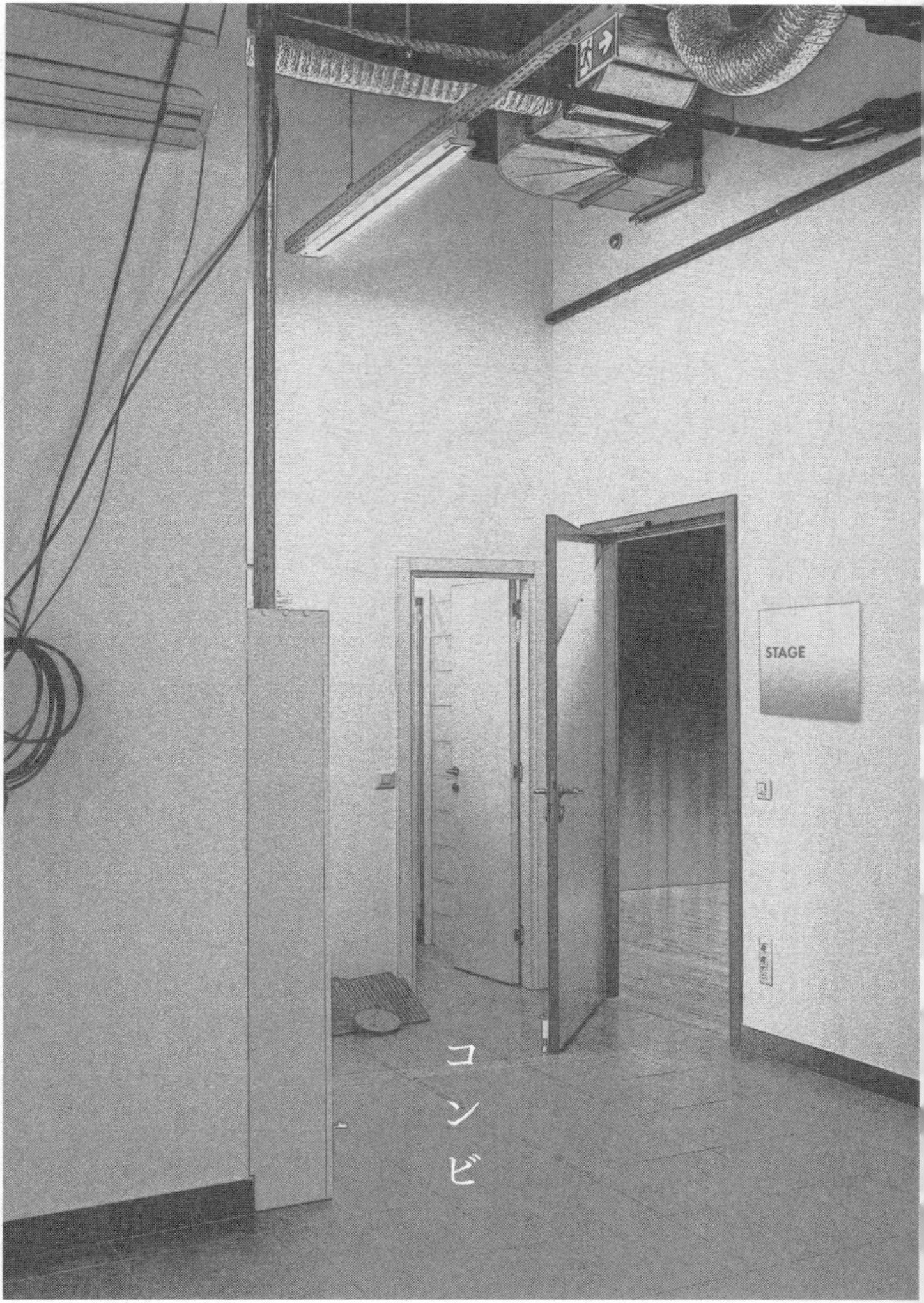
STAGE
コンビ

世界は、オレを中心に回っている。

そこまで言うのは大袈裟《おおげさ》だけれど、間違いなく、オレの世界はオレを中心に回っているんだ。

一ヵ月前まで、オレは大学に通いながら、居酒屋でアルバイトをして、深夜のオーディション番組にも出る芸人だった。四年生の時はゼミだけで週に一回しか大学に行っていなかったし、アルバイトもそんなにしていなかった。芸人であるオレが生活の中心だった。オーディション番組以外のバラエティ番組にも出て、ライブや営業のために地方に行ったりもした。

今月は、所属している南部《なんぶ》芸能事務所のライブに出る以外、芸人の仕事はない。

毎日毎日、昼間は新しいバイト先の映画館でチケットを売って館内清掃をして、夜は居酒屋で薄いハイボールやサワーを作って酔っ払いの相手をして、終わっていく。

オレの立場が変わらなければ、オレの日々も変わらない。

「新城《しんじょう》君、お客さんがいないからって、ぼうっとしないで」事務室から出てきた社員の古淵《こぶち》さんに注意される。

「すいません」

座り直し、ぼうっとしてしまわないように手を動かして、チケットカウンターの周りを掃除する。

事務所の先輩の中野《なかの》さんに紹介してもらい、今月から映画館のバイトを始めた。スクリーンが一つしかない小さな映画館だ。時給は安くても、週ごとにシフトを決めるから融通が利く。中野さんがずっと働いていたので、社員は芸人に理解がある。芸人の仕事をしながらでも働きやすいと思ったが、こんなに毎日毎日働くことになるならば、時給の高いバイトにすればよかった。

上映中はやることがなくて、暇だ。もっと仕事をおぼえれば、やることが増えるのだろうけれど、新人のオレにできることはまだ何もない。ぼうっとするなと言われても、ぼうっとしてしまう。

「中野さんの番組、見てる？」古淵さんはオレの前に立つ。

「見てます」

「ちょっと疲れてるみたいな感じだったね」

「そうですね」

「収録、大変なのかな？」

「さあ、どうなんでしょうねえ」

一年かけたオーディション番組では、中野さんが中学からの友達の中嶋《なかしま》さんと野島《のじま》さんと組むナカノシマが勝利した。他にも、四組が選ばれた。五組の出演する番組が先々週から始まった。二十四時十五分からの三十分番組だ。三十分の中にコントとロケ企画とスタジオでのトークコーナーがギュッと詰まっている。段階的に放送時間を早めていき、最終的にはゴールデンを目指すらしい。

オーディション番組に出た一年間で、オレは自分の心の狭さを思い知った。

どうしても勝ちたかった。

でも、自分達に圧倒的に勝てる力がないことはわかっていた。他の出演者がネタでミスをしたり、トラブルを起こして番組に出られなくなったりすることを願った。消去法のような形になっても最後まで残れれば、レギュラー番組を持てる。決勝の日、中野さんが体調を崩して楽屋で寝こんでいるのを見て、喜ぶ気持ちが全くなかったと言ったら、嘘になる。

最初の頃は、他の出演者に嫉妬《しっと》する自分が嫌で、放送された番組を見られなかった。メリーランドという漫才コンビを組む相方の溝口《みぞぐち》と話して、見る覚悟を決めた。勝者の出演する新番組も見たくないと思っていたのだが、居酒屋のバイトから帰ったらちょうど始まる時間で、テレビをつけると放送されていた。

悔しくも、なんともなかった。

胸の中で、嵐を起こすように吹き荒れていた嫉妬心は消えた。

決勝の帰り道で溝口と二人で泣き、アパートに帰ってきてから彼女の美沙《みさ》の前でも泣き、大学の友達の橋本《はしもと》が誘ってくれた飲み会でも泣き、気が済んだからかと思ったが、違う。

テレビに出るという可能性自体、オレの生活から消えたからだ。

一年と少し前、オーディション番組の出演が決まる前の気持ちに戻ったというのとも、違う。あの頃は、テレビに出られる程ではないと思いながら、出たい！　という希望を持てた。今は、希望もなければ、絶望もない。芸人を目指す前のように、テレビの中の世界を遠いものだと感じている。

前は毎日のように、中野さんに遊んでもらったり、業界最大手と言われる事務所に所属するインターバルの佐倉《さくら》君と飲みに行ったりしていた。インターバルは、オーデイション番組の途中で負けたのに、勝者よりもテレビに出まくっている。彼らには、圧倒的な力があった。強すぎてバランスが悪くなるため落とされたんじゃないか、というのが溝口の分析だ。中野さんも佐倉君も忙しくて、会えなくなった。ナカノシマは今月の事務所ライブに出ない。どうしているのか気になったが、用もないのにメールをするのはおかしいだろう。メールをしようと思っても、なんて送ればいいのかわからなかった。

「古淵さんから中野さんにメールしてみればいいんじゃないですか？」

「送ったんだけど、返信ないんだよね」

「そうですか」

中野さんは、いつも必ずその日のうちか翌日の昼までに、返信をくれる。古淵さんからのメールを意識的に無視するとは考えられない。返信しなきゃいけないと思いながらもできないくらい、忙しいのだろう。

新番組のＭＣを中野さんがやっている。役割が多い分、他の芸人よりもやらなくてはいけないことが多いのかもしれない。ナカノシマは、新番組以外にも出ている。ゴールデンの準レギュラーも決まったらしい。若手芸人が日本全国、場合によっては海外まで、ロケに行く番組だ。この番組には、インターバルも出ている。ゼロ泊で海外に行くこともあるようだ。ロケのスケジュールがきつくて、体力的に辛《つら》いということも考えられる。

しかし、どれだけ考えても、想像の範囲を出ない。

中野さんも佐倉君も芸能人という感じで、遠い。

二人とも、オレとは違う世界にいる。


アパートに帰ってきても、誰もいない。

美沙は希望していた会社に就職できた。四月中は、研修や歓迎会で予定が埋まっているようだ。基本的に土日は休みなのだが、慣れない環境で疲れたから休みたいと言い、オレの部屋には来ない。三月の終わりに橋本は、山形の実家に帰った。さくらんぼの収穫期はもう少し先だけれど、それまでだって暇なわけじゃないみたいだし、生活する時間帯が違うため、電話もしにくい。朝早くに果樹園に出て仕事をして、農協の人や地元の友達と飲みに行っても、日付が変わる前には眠るらしい。東京に残った大学の友達は何人もいて、近くにも住んでいるけれど、それぞれが新しい環境で忙しくしている。就職浪人したり、留年したりして、三月までと同じような生活を送っている奴もいるが、就職した友達以上に連絡を躊躇《ためら》ってしまう。一緒にいると、未来を暗く感じ、沈んでいきそうだ。

毎日のようにバイトしても、稼《かせ》げる額はたかが知れている。どこへも行かず、誰とも会わずにおとなしくしていた方がいい。

卒業して、仕送りがなくなり、家賃も光熱費も食費も全てを自分で払わなくてはいけなくなった。スマホやネットの料金も払うと、残る額はほんの僅《わず》かだ。

オーディション番組はオーディションなので、ギャラは出なかった。しかし、他のバラエティ番組では、バイトするのがバカバカしくなるようなギャラが出た。収録に一日かかったり、若手への洗礼というきついロケに行かされたり、リアクションを求められて痛い思いをしたりもしたが、それでもバイトよりずっと割がいい。そして、地方での営業は、三十分くらい舞台に立てばいいだけなのに、信じられない額をもらえることもあった。各地でおいしいものを食べられて、お土産までもらえた。できるだけ使わない方がいいと思い、貯金してあるが、切り崩さなくては生活していけなくなるかもしれない。

金のために芸人の仕事の依頼を求めているわけじゃなくても、金が欲しい。

明日も明後日も、来週も再来週も、バイトするだけで毎日が終わっていくんだと思うと、泣きたくなる。

せめて、誰かごはんを奢《おご》ってくれないだろうか。

高校を卒業してすぐに実家を出て一人暮らしをして、四年以上が経つのに、全く料理ができない。

大学に通っていた頃は、朝は美沙がいる時ぐらいしか食べなかったし、昼は学食の安い定食やラーメンで済ませた。夜は飲み会があったり、バイト先の居酒屋で賄《まかな》いを食べたり、中野さんや事務所の社長に奢ってもらったりしていた。三月まで中野さんはバイトをしていて、決して生活が楽ではなかったはずなのに、いつも奢ってくれた。夜の予定が何もない時には美沙が来て、夕ごはんを作ってくれた。母親や姉ちゃんが来た時にカレーや牛丼の具を作って、冷凍しておいてくれたこともある。

就職せずに好きなことをやるのだから、家族に面倒はかけないと決めて、母親と姉ちゃんには「もう来なくていい！」と、言ってしまった。美沙も中野さんも忙しくて、会えない。オーディション番組が終わって以来、まともに稽古《けいこ》をしていなくて、事務所には行っていない。なので、社長にも奢ってもらえない。

朝は食べず、昼はコンビニで買ったおにぎりやパンで済ませる。夜は、今日みたいに居酒屋のバイトがない日には、自炊するか一人で外へ食べにいくか、選択を迫られる。

自炊しようと思っても、ベチャベチャの野菜炒めぐらいしかできないし、一人で外でごはんを食べるのは苦手だ。居酒屋では厨房《ちゅうぼう》に入ることもあるから、それなりに料理はできるつもりだった。しかし、材料も機材も揃《そろ》っていてマニュアル通りに作るのと、自分の家にあるもので作るのでは、勝手が違う。ネットで調べたレシピ通りに作ろうと思っても、足りない調味料や材料を買い足したら、金がなくなる。これだったら、近所のファミレスで食べた方がいいと思っても、一人の寂しさが身に沁《し》みて耐《た》えられなくなる。一人でいることを誰もバカにしたりなんてしないし、みっともないことではないのだけれど、友達同士や家族で喋《しゃべ》っている客に囲まれると、惨《みじ》めになってくる。ラーメン屋や牛丼屋や定食屋にも一人では入れない。それに、外食しても、値段ばかりが気になってしまう。イタリアンハンバーグにライスと味噌汁とサラダもつけたくても、サラダは我慢する。惨めさは、安く済ませようという気持ちのせいでもあるのだと思う。

考えて考えて、結局は、カップラーメンやインスタントの焼きそばや冷凍のパスタか炒飯《チャーハン》で済ませることになる。

冷凍庫からカルボナーラを出す。

紙皿みたいな容器に入っているので、皿を用意しなくていい。袋から出し、容器のフィルムを少しはがしてレンジに入れ、説明に書いてある通り温め時間を六分にセットする。パスタも炒飯もよくできていて、店の味とまではいかなくても、自分で作るよりも遥かにおいしい。

それでも、毎日のように食べていると、自分の中で何かが削《けず》られていく。体重も減って、その分だけ、精神も削られていっている気がした。

温め終わったので、レンジを開ける。フィルムのはがれているところから蒸気が出て熱いため、トレーナーの袖《そで》を伸ばして指先まで覆い、鍋つかみ代わりにする。

美沙や母親や姉ちゃんは、鍋つかみが必要な時は、食器を拭《ふ》く用の布巾を使っていた。オレも最初はそうしていたのだが、美沙が来なくなってから三週間くらい洗っていないため、使いたくない。洗濯すればいいと思っても、洋服と一緒に洗濯機にかけるものなのかどうなのかも、わからなかった。実家では、母親が台所で専用の液体や熱湯に浸けていた気がする。掃除や洗濯は自分でやるようにしていたけれど、オレの目につかないようなところを美沙が気にかけてくれていたんだ。

テーブルまでカルボナーラを持っていき、フィルムを全てはがす。

はがしたフィルムを持って台所に行きゴミ箱に捨てて、フォークを出してグラスに水を汲み、テーブルの前に戻る。

ペットボトルを買うのがもったいなくて、水道水を飲んでいる。食べ物のせいか、水のせいか、気分が沈んでいるせいか、肌が荒れた。社長からテレビ用の見た目にするように言われて、この一年はスキンケアやファッションも気にしていたのだけれど、どうでもよくなってきている。衣装のための洋服なんて買っても、使う機会はなくて、ただの贅沢品《ぜいたく》にしかならない。

テレビをつけて座り、カルボナーラを食べる。真ん中がまだ凍っていたが、温めなおすのは面倒くさいので、かき混ぜて溶かす。

VTRを見ながら喋るバラエティ番組で、ワイプと呼ばれる小さな画面には、佐倉君が映っていた。顔がいいし、表情も明るくて豊かだから、ワイプ向きなのだろう。何度も映る。

友達で、しょっちゅう会っていたのが自分の妄想のように思えてくる。佐倉君は、もともと整った顔をしていたが、テレビに出てますますかっこ良くなった。事務所の先輩でものまね芸人の津田《つだ》さんも、もともとキレイな人だけれど、テレビに出るうちに前の何倍もかわいくなった。ナカノシマの三人もこれから変わっていくのだろう。三人はお世辞にもかっこいいとは言えない感じだ。それでも、テレビに出ているという自信がオーラのようになっていくのだと思う。自分で、見た目をテレビ用にしても、無駄だ。テレビに出るうちに、テレビ用になっていくんだ。

温めるのに六分かかったカルボナーラを五分もかけずに食べ終える。美沙にはよく「もう少し、味わって食べて」と、怒られた。さっさと食べてしまうことを悪いと思い、できるだけゆっくり食べるようにした。冷凍のカルボナーラだって、誰かが作ったものだ。手で調理しなくても、それを作る機械を開発した人がいる。そう思っても、味わいもせずに食べたことへの罪悪感を覚えたりはしない。

カラになった容器を台所のゴミ箱に捨てて、フォークとグラスを洗い、テレビの前に座り直す。

居酒屋の賄いも、どんぶりものとか焼きうどんとかが多くて、炭水化物ばかり食べている。ごはんと味噌汁と焼き魚と漬物という定食が食べたい。大学まで一駅だし、映画館のバイトがない日の昼間に学食でも行こうかなとたまに考えるが、そこで感じる寂しさはファミレスとは比べものにならないだろう。

事務所に行けば、社長がいるし、中野さん以外にも先輩がいる。誰かが奢ってくれると思っても、行く気になれない。

オーディションで選ばれなくても、それで終わったわけではない。インターバルの他にも、オーディション番組をきっかけに仕事が増えた芸人はいる。オレ達だって、依頼が途切れたからって、諦《あきら》めるにはまだ早い。先月の卒業式で溝口と会った時には、「これからだ!」と言い合い、未来を見ようとしていた。

それなのに、四月になって桜が散るのを見た時、気持ちが途切れた。

溝口は三月の終わりに実家を出て、一人暮らしを始め、新しいバイトも始めた。オレも映画館のバイトや新しい生活に慣れなくてはいけないと思い、しばらく稽古を休みにした。それが良くなかったのだと思う。そろそろ稽古を再開しようと考えたら、体が拒絶反応を起こした。稽古をしたくないという気持ちがあり、溝口に連絡できなくなった。同じ気持ちなのか、溝口からも連絡はない。

南部芸能事務所は、やる気のない芸人を容赦《ようしゃ》なく切る。

このままでは、来月以降のライブに出られなくなる。

そう思っても、失ったやる気を取り戻すことはできない。


夜中に一人でいると、金の心配で眠れなくなる。

先月はまだ映画館のバイトをしていなくて、オーディション番組の決勝や卒業式もあったから、居酒屋のバイトもそんなに入れなかった。四月に入る給料は、生活できるような額ではない。貯金を使えばいいと思っても、不安が胸を覆っていく。

四月になってからは、毎日のように働いているし、五月にはそれなりの額が入ってくる。映画館と居酒屋で真面目に働けば、生活はできる。

大丈夫、どうにかなる。

自分にどれだけ言い聞かせても、不安は消えない。

金のせいで、不安になっているわけじゃないのだと思う。

ずっとこのままだったら、どうしよう。

オーディション番組の出演が決まってから決勝まで、約一年の間、誰にも負けないように努力した。

努力したからって駄目なものは、駄目だとわかっている。

けれど、それならば、どうしたらいいのだろう。

人脈とかがあればいいんじゃないか、と考えてしまう。オーディション番組や他のバラエティ番組で一緒になった芸人の中には、プロデューサーやディレクターとＡＤで態度を変える人がいた。ああいう人って本当にいるんだと思いながら、見ていた。

オレ達は新人だし、誰が偉いのかもよくわからなかったから、誰に対してもちゃんと挨拶《あいさつ》をして、態度を変えないようにした。もっと計算して振る舞っていれば、違う今があったのかもしれない。

でも、インターバルの榎戸《えのきど》君は、誰に対しても愛想が悪い。業界最大手の事務所だからとか、事務所にごり押しされているからとか、見た目がいいからとか、そんなのは僻《ひが》みでしかないと思えるだけの実力がある。

才能があっても、それに甘えないで、努力する。

そうしなければ、実力は手に入らない。

それはつまり、そもそも才能がなければ実力はつかず、努力しても無駄ということになる。

努力しても、努力しても、プロの漫才師になれなくて、このままの生活がつづいていく。

生活とは、いったい、なんなのだろう。

衣食住が足りているだけで、満足とは思えない。

命を保つだけで満足できるのが生活ならば、娯楽なんて必要なくなり、漫才師がいなくてもいいことになる。

ただ生きるだけでは足りないから、娯楽があるんだ。

しかし、それはただの贅沢なのだろうか。

今のオレは、生きていくための金を稼ぐことに精一杯で、テレビや映画を見たいとも考えられない。生活にある程度の余裕がないと、娯楽を求める心もなくなる。明日のごはん、明後日のごはん、来月や再来月の生活費、考えなくてはいけないことがたくさんある。

生きていくだけで、毎日が終わる。

映画館では、土曜日に新作が公開される。

オレがバイトを始めた映画館には、スクリーンが一つしかないから、シネコンみたいに毎週のように新作が公開されるわけではない。それでも、上映スケジュールが変わったり、早朝や深夜だけ上映される映画が入ったり、イベントがあったり、週ごとの変化はある。金曜日には、ロビーや入口のポスターを貼り替えて、チラシを新しいものに交換する。でも、どんなに変化しても、間違い探しのゲームみたいに微妙な変化でしかないように思える。昨日と今日で違うところが七ヵ所ありますと言われても、全てを見つけられないだろう。

ロビーには窓がないから、ずっといると、閉じこめられたような気分になる。

中野さんは、どういう思いで、ここで何年も働いていたのだろう。学生の頃からバイトしていたので、十年近くここにいたはずだ。

息苦しさに逃げ出したくなったことは、ないのだろうか。

ナカノシマも大学を卒業した後は、フリーターみたいな生活をしていた。芸人ブームと言われた頃に、何度かゴールデンのバラエティ番組に出たらしいが、ブームが去るのと同時に仕事の依頼は来なくなった。芸人の仕事はCSの情報番組の司会と月に二回か三回のライブの出演だけで、アルバイトで生活費を稼ぐ日々が何年もつづいた。解散しよう、辞めようと考えたことは、何度もあったようだ。中嶋さんの奥さんの千夏《ちか》さんが妊娠した時は、本気で解散を考えていた。それでもつづけて、オーディション番組をきっかけに、バイトをしないでも生活できるようになった。つづけていれば、オレ達もいつか、ナカノシマみたいにチャンスを掴《つか》めるのだろうか。

でも、チャンスなんていう目に見えないものは、掴めない。

芸人になる以外にも、やりたいことがある。

友達と飲みに行きたいし、橋本の実家に遊びにいってさくらんぼ狩りをしたいし、美沙と結婚したい。娯楽を求める気持ちだって、完璧になくなったわけじゃないんだ。箱に詰めて厳重にフタをして、胸の奥にしまいこんでいる。その箱を開くと、やりたいことがあるのに何もできないという苦しさで、人生が嫌になってしまう。

オーディション番組で勝てたら、美沙にプロポーズしよう。

誰にも言わなかったが、そう決めていた。

すぐに結婚するというわけじゃなくても、婚約だけでもして、二人で生きていく将来を考えたかった。大学に入学してすぐに付き合いはじめて、四年間一緒にいて、けんかもして、この先の人生で美沙以上の相手には出会えないと思えた。美沙のためにという気持ちがオレのモチベーションを支えてくれた。負けたからって、美沙はオレを嫌いになったりしない。そんなことで幻滅するような浅い関係ではないという自信がある。けれど、今のオレを見られたら、嫌われる。やる気がなくて、嫌々バイトをしているような男は美沙の好みではない。会えないことに、ほっとするような気持ちもあった。

どちらにしてもこのままだと、生活がすれ違って、別れを選ぶことになるのかもしれない。社会人になった美沙の気持ちがオレにわかるとは、考えられない。どんなことがあっても大丈夫と強い絆で結ばれているように思えたのは、大学生という無責任に夢を見られる状態だったからだ。

やりたいことを我慢して、好きな女との結婚を諦めて、こんな生活は嫌だと思いながら、生きていく。

それがオレの選んだ人生なんだ。

漫才師になりたい！　というのも、無責任に見た夢でしかなかったのかもしれない。

こういう生活になる想像はしていて、夢のためならば我慢できると思っていたのに、辛い。

辛くて、辛くて、どうしようもない。

「新城君、ぼうっとしないでって言ってるでしょ」事務室から古淵さんが出てくる。

「古淵さん、オレ、ここのバイトが向いてないんだと思います」

「どうしたの？」

「中野さんみたいに映画に詳しいわけじゃないし、バイト仲間がいないのも辛いです」

ここで上映されるのは、単館系と呼ばれるマイナーな映画が多い。テレビではあまり見ない役者が出ているような邦画か、意味のわからないヨーロッパ映画ばかりだ。漫画原作の邦画やハリウッド超大作みたいなものが上映されることはない。中野さんや他のバイトの人達みたいに、映画好きならば楽しいのかもしれないが、オレはハリウッド超大作の方が好きだ。そして、他のバイトの人達と会っても話すことはほとんどない。バイトの人数自体が少なくて、シフトの時間が重なっても、休憩を回したり映写室に入ったりするため、カウンターには一人でいることになる。上映と上映の間の幕間と呼ばれる時間は二人体制になるが、清掃して開場して、チケットやドリンクを売らないといけなくて、話したりはできない。話せる余裕があったとしても、年上の女性ばかりで、話が合わなかった。男性もいるが、映写室に入ることが多くて、働く時間帯もオレとは違う。もう一つのバイト先の居酒屋で、オレはベテランアルバイトだ。新人はまだ大学一年生で、彼らや彼女達を指導する立場にいるので、あいた時間もお喋りはできない。

バイトに遊びにきているわけじゃないし、真面目に働くべきだとわかっている。けれど、たとえば社員として働く社会人だって、仕事中に同僚とお喋りして、息抜きしたりはするだろう。無駄なことは一切せず、仕事に集中していたら、息が詰まる。

「中野さんだって、もともとはそんなに映画に詳しいわけじゃなかったらしいよ」古淵さんはカウンターに入ってきて、オレの隣に座る。

中野さんの前での古淵さんは厳しい人という感じだったらしいが、オレにとっては優しいお姉さんという感じだ。

「そうなんですか？」

「ここで働くうちに、マイナーなものも見るようになったんだって。CSの番組で映画情報のコーナーもあるから、そのために勉強もしてたみたいだし。私は中野さんが大学生の頃どんなだったのかは知らないけど、支配人がそう話してた」

「そうですか」

「新城君だって、映画を見てみれば？　ここでは、タダで見られるんだから」

「今上映してるのは、見ましたよ」

「どうだった？」

「よくわかりませんでした」

バイトを上がった後に見たが、どこがおもしろいのか、わからなかった。何も起きていないように感じられるシーンでも笑い声が上がったりしていたし、マイナーな映画の見方というのがあるのだろう。勉強せずに見て、いきなりおもしろさがわかるものではないのだと思う。漫才だって、落語だって、どんな芸だって、何度も何度も見るうちに本当のおもしろさがわかるようになる。最初からおもしろいものは、何度も見るうちに、つまらなく感じるものに変わる。そういうものは、驚かすような演出や映像の派手さにおもしろいと感じているだけだ。

「でも、もっと色々と見てみようとは思っています」

「来週には新作も公開されるし、ゴールデンウィークはそれなりに忙しくなるからね。向いてないとか、辞めたいとか考えるのは、その後でもいいんじゃない？」

「はい」

「ゴールデンウィークって、映画業界の言葉だって、知ってた？」

「知りませんでした」

「『自由学校《じゆうがっこう》』という映画が連休に公開されて、お盆やお正月以上の興行成績を記録したことをきっかけにできた言葉なのよ」

「へえ、そうなんですか」

「他のアルバイトの人は、私以上に映画に詳しいから、たくさん話して勉強するといいよ。芸人をつづける上で、その知識は無駄にならないでしょ？」

「はい」

芸人をつづけないのだったら、その知識も無駄なものになる。大学二年生の夏休み前に芸人になると決めて、三年近い間かけて勉強したことの全ても無駄になる。今まで勉強したことを活かして新しい仕事を探してみようとも、考えられなかった。

「私、秋には異動になるかもしれないから、それまでは一緒に働こうよ。新城君、私が社員になってから初めて入ったアルバイトだし、辞められちゃうのは寂しいな」

「えっ？　古淵さん、異動するんですか？」

「まだ決まりじゃないから、他のアルバイトには言わないでね」

「はい」

「大阪にね、うちの系列の映画館ができるの。関東以外にできるのは初めてだから、力が入ってるみたい。そこで、副支配人にならないか？　って、言われてる」

「出世するんですね」

古淵さんぐらいに距離感がある人ならば、仕事での成功や新しい環境への旅立ちを純粋にお祝いできる。自分の心の中に、まだそういう気持ちが残っていることに、安心した。世界中の人全員の失敗を願っているわけではない。

「副支配人試験も受けなきゃいけないし、どうなるのかまだわかんないけどね」

「大丈夫ですよ。頑張ってください」

「ありがとう。それでね、新城君は中野さんの紹介だけど、私の推薦ってことになってるから、いきなり辞められちゃうと困るんだ」

「わかりました。もう少し頑張ります」

「お願いね」古淵さんは立ち上がり、カウンターから出る。

「はい、もう少し」

もう少し、もう少しと日々を重ねていくうちに、何年も経ってしまうのかもしれない。

いつか、もう少しとも思えない日が来たら、その日で全てを諦める。


居酒屋でのバイトを終えて終電で帰ったら、アパートの前まで来たところで、部屋の電気がついているのが見えた。

美沙が来ている。

会いたくない。

嫌いになったわけじゃないし、会えることを嬉しいと感じる気持ちもある。この時間にいるということは泊まりだから、朝まで一緒にいられて、色々と話せば気分も変わるとも考えられる。美沙だって新しい生活で不安なことがあって、話したくて来たのかもしれない。でも、どうしても、会いたくない。いい方向へ進む想像以上に、悪い方向へ行く想像が大きく広がっていく。

しかし、回れ右して、逃げることはできない。

終電が出ているから駅まで戻ったところで電車はないし、歩いていける範囲に住む友達はこんな時間にいきなり行けるほど仲良くないし、朝までファミレスや漫画喫茶で時間を潰《つぶ》すための金もない。そして、帰らなかったら、美沙に怪しまれる。

バイト先の居酒屋は二十四時閉店で、ラストまで働いても、終電に乗れる。終電を逃したとしても、歩いて帰れる距離だ。だから、「終電逃した」とは言えない。橋本がいなくなったから、「朝まで友達の家にいた」という言い訳も通用しない。リハーサルがあったとか、中野さんに相談に乗ってもらっていたとか、仕事に関する嘘はつきたくない。

信じてもらえるような言い訳は、一つも思い浮かばなかった。

帰らなければ、浮気を疑われるだろう。

オレにだってファンはいるし、テレビに出るようになった頃は大学やバイト先で、ちょっともてた。それでも、美沙以外の女の子とは、二人で会いもしなかった。二人で会ったのは、マネージャーだった鹿島《かしま》だけだ。鹿島に女を感じることはないし、仕事だから例外とする。そこまでしても、美沙を安心させることはできないのだと思う。津田さんを見て、知り合いの中で一番かわいいと思っていたが、テレビ局にはもっとかわいい女の子がたくさんいた。他の事務所の芸人から、アイドルとの合コンに誘われたこともある。橋本と冗談で言ったようなことが現実になるチャンスだった。でかわいい女の子と遊びたいという気持ちはあって、心が揺れたけれど、我慢した。でも、心が揺れた時点で、アウトなのだろう。

たとえば、美沙が大手企業の男性社員との合コンに行ってみようかどうしようか悩んだら、それだけでオレは怒る。

テレビに出るようになる前は、オレはサークルやバイト先の女の子と二人でごはんぐらい行っていたし、美沙が男と二人で会ったと聞いても、そこまで嫉妬しなかった。オレの友達を美沙は知っていて、美沙の友達をオレも知っていた。大学生の頃は、二人で同じ世界を生きていた。

卒業して、それぞれ別の世界へ進み、向こうがどんな世界にいるのかわからないから、些細《ささい》なことも許せないと感じてしまう。

この気持ちは、これから先もずっとつづくだろう。

別れた方がいいのかもしれない。

それぞれの世界で、新しい相手を見つけた方が、お互いに楽に過ごせる。

そう思っても、別れられない。

今の状況で、恋人もいなくなるというのは、耐えられない。

一人で辛くても、オレには美沙がいるという気持ちに支えられている。しかし、それならば、相手は美沙ではなくてもいいのかもしれない。

これ以上遅くなると心配かけるから、とりあえずアパートへ帰る。

「ただいま」

「おかえり」部屋の奥から美沙が出てくる。

会社から直接来たのか、白いシャツでネイビーのスカートを穿《は》いている。

服装も化粧も学生の頃と変わっていないのに、違うように見えた。前よりも大人っぽくなって、社会人という感じがする。

「来るなら、連絡くれれば良かったのに」できるだけいつも通りを装って、話す。

「稽古の邪魔になると悪いかなと思って。でも、バイトだったたんだね？」

居酒屋でのバイト中は制服を着るが、髪に煙草《たばこ》や油の臭いがつく。それで、わかったのだろう。

「うん」

「来週、ライブでしょ？」

「うん」靴を脱ぎ、部屋にあがる。

台所がキレイになっている。

布巾も、新しいものに替わっていた。

たたまずに置いてあった洗濯ものも片づけられていた。

「お風呂入る？　それとも、少し休む？　コーヒー淹《い》れようか？」

「コーヒー、ない」何日も前に豆がなくなり、それから買っていない。

「買ってきた。他にも、野菜とかお肉とか、買い足しておいたから」

「ありがとう」

美沙は、こんなに優しくなかったはずだ。

掃除をしてくれたり、料理をしてくれたりしたけれど、オレの帰りが遅くなると、先に眠っていた。帰りが遅いと言って、怒ることもあった。

気を遣《つか》わせている。

それを悪いと感じる気持ちがあるのに、美沙が親切心やオレへの愛情でやってくれたことを嫌味だと感じてもいた。

「いくらだった？　金、払うよ」リュックを下ろして、財布を出す。

「いいよ。来週には、初任給も出るし」美沙は台所に立ち、お湯を沸《わ》かす。

「……でも」

「部署が決まって、ちょっと落ち着いてきたし」コーヒーを淹れる準備をしながら、オレの顔を見ずに話す。「これからは週末はこっちに来るようにするね。平日もできるだけ、ごはん作りに来る。その時に掃除や洗濯もやるから、拓己《たくみ》は気にしないで、稽古して」

「えっと……」

後ろから抱きついて、そのまま台所で押し倒しても、今日の美沙は怒らないかもしれない。前の美沙だったら、冗談でもそんなことをしたら、許してくれなかった。やってみようかと思ったが、本当に何も言わずに応じられたら、それがきっかけになって別れが決まる。

「あっ、コーヒーよりも、ごはんの方がいい？　お腹すいてない？」

「賄い食べたから、大丈夫」

「そっか」

「部署って、希望通りのところに行けたの？」

新しい生活に美沙だって疲れているのだから、彼氏であるオレは気を遣って、話を聞いてあげるべきだ。

「うん」

「忙しくなるんじゃないの？」

「残業や休日出勤もたまにあるけど、大丈夫だと思う。実家よりこっちの方が会社に近いから、泊まらせてくれた方が助かるな」

「そっか」

ゆっくり会うのは久しぶりなのだから、話したいことはたくさんあるはずだ。別の世界だから理解できないこともあるけれど、話さないでいたら、いつまでも理解できないままだ。もっと話して、お互いの世界を知っていく必要がある。

それなのに、何を話したらいいのかがわからない。

「すぐ淹れるから、座ってて」

「ああ、うん、えっと……」

「どうしたの？」美沙は、不安そうにオレを見る。

「ごめん、今日は帰って」

「どうして？」

「他に好きな女ができたとか、別れたいとか、そういうことじゃない」

「うん」

「ただ、美沙といるのが辛い。なんか、惨めになる」

「なんで？」

「オレ、美沙の世話になるために、仕送りを止めたわけじゃないから」

「そんなことわかってるよ。私もここでごはんを食べることがあるから、お金はいいっていうだけで。それに、私にできることをして、支えたいって思って」

「それが、違うんだよ」

「どう違うの？」

「どうって、言われても……」

言い合いをしたいわけじゃない。美沙を傷つけたくない。でも、このまま美沙といると、オレが傷つく。自分勝手だと思うけれど、これ以上落ちていきたくなかった。

「しばらく来ない方がいいの？」

「うん」

「どれくらい？」

「……わかんない」

オレがどうなれば、彼女とまた向き合えるのだろう。

芸人として売れるか、芸人を諦めるか、どちらかだ。

「帰りたくない」そう言って、美沙は不安そうなまま、泣き出してしまう。

四年も付き合っているのに、こんな風に泣く姿を初めて見た。

「そんなこと言わないでくれよ」

「帰れないもん」

「タクシー代出すから」

「いらない。それくらい、自分で出せる。そういうことじゃないのっ！」

「頼むよ」

けんかは、苦手だ。

こんな風に誰かと揉《も》めるのが一番嫌なんだ。

楽しいことが好きで、みんなに笑っていてもらいたい。そういう気持ちがあるから、芸人の仕事に惹かれた。

「帰る」美沙は手で涙を拭《ぬぐ》い、カバンとジャケットを取り、玄関へ行く。「もう来ないし、私からは連絡もしないし、待ったりなんてしないから」

「……美沙」

「私が一番やりたいことは会社勤めじゃないのに、それがわからないんでしょ？　私達の価値観は違うの！　仕事は大事だし、夢を持つのは素敵なことだけど、私にはそれができない！　恋人と一緒に夢を追いかけて、その人生を支えていきたいって思うのは、いけないことなの？」

就活の時期になっても、やりたいことが見つからず、美沙は悩んでいた。何度も就職課に行ったり、先輩や友達に話を聞いたりして、働きたい会社を決めた。でも、美沙にとって一番の将来の希望はいつも、オレとの結婚だったのだと思う。そんな自分を意思がないようで情けなく感じていたのだろう。そういう時にオレは自分のことばかり考えて、何もしてやれなかった。テレビに出ているオレを見て、喜ぶのと同時に惨めだと感じたことが彼女にもあったのかもしれない。オーディション番組にメリーランドが初めて出た日、「面接があるから」と言って、美沙はうちに来なかった。

「……ごめん」

引き留めるために、美沙の手を掴もうとしたけれど、それよりも先に出ていかれてしまった。

アパートの廊下を走っていく足音が響く。

ライブの稽古のため、久しぶりに事務所に来た。

一ヵ月ぶりくらいだ。

嫌だ嫌だと思って逃げていたら、ライブに出られなくなる。今の状態が嫌でしょうがないのに、芸人をやめるのは、もっと嫌だ。体重は減ったのに、気分が沈んでいるからか、体を重く感じる。重い体を引きずるような気持ちで歩いてきた。

「おはようございます」

事務所のドアを開けると、事務員さんと鹿島がいた。

鹿島は同じ大学に通っていた友達でもある。オレの紹介で、三年生になる前に、南部芸能で事務のアルバイトを始めた。一年くらい働いた後でマネージャーになり、この四月から正社員になった。先月までは、メリーランドとナカノシマのマネージャーだったが、今月からはナカノシマとそれ以外のテレビに出られるタレントを担当することになった。テレビに出られないメリーランドは、鹿島班から外れたということだ。ぼんやりしたお嬢さんで中学生にしか見えない鹿島だが、マネージャーとしては優秀だ。よく気がつくし、時間を守り、真面目に働く。挨拶や電話対応もちゃんとできる。当たり前のことのように思えるけれど、それができない人はとても多い。

「おはよう」パソコンを見ていた鹿島は、顔を上げる。

「今日、現場じゃないの？」

「夕方から」

「ふうん」

「痩《や》せた？」

「少し」鹿島の隣に立ち、話をする。

「顔色悪いよ」

「あんまり陽に当たってないから」

「そういう問題？」

「食生活も貧しいし」

「食べてないの？」

「食べてはいるけど、食べていない」

「何それ？」

「メシ奢ってくれよ」

一年間、芸人とマネージャーという関係だったからか、鹿島には弱い部分を見せられる。本番前に緊張で腹が痛くなって寝こんでいるところもずっと見られていた。話していると、少しだけ気分が楽になった。

「無理、給料安いから」

「そうだよな。うちの事務所の初任給じゃなあ」

「しかも、初任給出るの、来月だから」

「そうなの？」

「月末締めの翌月払いだからね」

「美沙は来週には出るって言ってたぞ」

「会社によって違うの」

「ふうん、社会人って感じですねえ」

「そういう嫌味を言って、美沙ちゃんとけんかしたの？」

鹿島と美沙は、仲がいい。しっかりしているように見えてそうでもない部分もある美沙としっかりしていないように見えてそうでもない鹿島で、意外と気が合うようだ。

「女同士は、すぐに報告し合うんだな」

「美沙ちゃんは、新城を心配してるの」

「どうだろうな。待ったりなんてしないって言ってたし、今頃は男の上司とランチでも行ってんじゃないか」

「ランチぐらい行くかもしれないけど、待ったりしないっていうのは本心じゃないでしょ。新城のことをいつまでも待ってくれると思うよ」

「うーん」

「付き合いつづけるのが無理なら、ちゃんと別れ話しなよ」

「恋愛のことなんてわかってないくせに、わかった顔してんなよ」

「友達として、言ってるんだけど」睨《にら》むような目つきで、鹿島はオレを見る。

「はい、わかってます」

もう少し待ってほしい、と美沙には電話しよう。待ってもらうのだから、結果を出さなくてはいけない。鹿島と話して楽になった気持ちが、また重くなっていく。

「おはようございます」溝口が事務所に入ってくる。

「おはよう」オレと鹿島は、声を合わせる。

一人暮らしを始めて、溝口もオレと同じように痩せたり顔色悪くなったりしているんじゃないかと思ったが、そんなことはなかった。むしろ肌艶《はだつや》が良くなっている。彼女でもできたのだろうか。

溝口はオレの顔を見て、笑う。

「なんだよ?」オレが言う。

「精彩を欠くというのは、まさにこのことって感じだな」

「どういう意味だよ?」

「仕送りなくなって、まともな生活ができてないんだろ?」

「そんなことねえよ」

「いやいや、顔に出てるから。ひ弱なお坊ちゃま丸出しだな」

「お坊ちゃまじゃねえって」

稽古をするために、二人で会議室に入る。

けんかは苦手だし、揉めるのも嫌いなのに、溝口とはコンビを組んでから三年近く、言い合いばかりしている。

「見事に顔色悪くなってんな」溝口が言う。

「そんなに、悪くないだろ？」

「悪いって。冷静になって鏡を見てこいよ」

「いいよ」

話しながら、稽古をしやすいように、椅子《いす》や机を端《はし》に寄せる。久しぶりに来たのに、体は手順をおぼえていて自然と動く。

「宮前《みやまえ》さんともうまくいってないんだろ？」宮前さんというのは、美沙のことだ。

「うまくいってるよ」

「嘘つくなって」

「お前に何がわかる？」

「新城に関することは、だいたいわかる」

「何が？」

「楽しかった大学生活が終わってアルバイトばかりの生活をつまらなく感じているん

だろうなとか、仕送りがなくなって金の大切さにやっと気づいたんだろうなとか、社会人になった宮前さんに嫉妬してけんかしたりしてんだろうなとか」

「……そんなこと、ねえよ」悔しいほど当たっている。

「稽古しないといけないから連絡しようと思ったんだけど、落ちるところまで落ちるのを待とうと思って。そしたら、その顔色だから、計算通りだったなって感じ」溝口は、また笑う。

「オレが落ちこんでるってわかってたなら、相方として他にやるべきことがあるだろ?」

「いや、新城は腹壊す以外は、いっつも陽気でチャラチャラしてるから、たまには落ちた方がいいと思って」

「はあっ?」

「コンビでやっててもさ」あいたスペースに椅子を置き、溝口は座る。「結局は一人じゃん」

「どういうことだよ?」オレも椅子を置き、座る。

「これからつづけていけば、オーディションに落ちることなんて何回もある。コンクールで負けることもある。たとえレギュラー番組を持てても、それが終わることだっである。生活はいつまでも苦しいままかもしれない。コンビで支え合うということは大事だけれど、一人一人の力が強くならなければ、支え合えずに二人とも倒れてしまう」

「うん」

「ボク達はまだ芸歴三年目でしかない。それで、テレビに出られるっていうのは、すごいことだ」

「でも、インターバルだって出てるし」

「インターバルが同期にいて、彼らを基準に新城は世界を見ているのだろうけど、テレビに出られずライブにも出られないような同期がたくさんいる。もちろん、それを基準に見る必要はない。そして、インターバルを基準に見る必要もない。自分達だけで考えても、すごいことだったと思う。その分、ダメージは大きかった。そこに大学卒業っていうのも重なって、生活が変われば、大変で辛いと感じることは多くなる。でも、それぞれでこの状況を乗り越える力を身に付けられれば、メリーランドは長くつづけられるコンビになる」

溝口は、オレ以上にインターバルを意識している。榎戸君の才能や努力する姿勢、他のものを一切気にしない態度に恐怖にも似た気持ちを持っているのだと思う。会わなかった間に溝口も苦しんで、乗り越える力を身に付けてきたんだ。

「まずは、事務所のライブに出て、ネタを仕上げていこう。とにかく行動しなければ、道は拓《ひら》けないんだから」

「そうだよな！　稽古しよう！」

オレも溝口も立ち上がり、二人で並んで立つ。

しかし、言葉が出てこなかった。

「ちょっと待ってて」溝口に言い、会議室を出る。

事務所からも出て、廊下の先にあるトイレに入る。

鏡にうつる自分の顔を見る。

今朝も鏡を見たのに、その時よりも顔色が悪くなっているように見える。

オーディション番組の時とは、別人のようだ。

SNSでよく言われる「劣化」というやつだ。

見た目と同じ分だけ、漫才師としても劣化している。

何度も何度も稽古して、完璧に憶《おぼ》えたはずの漫才が全く思い出せない。

会議室を稽古のためにセッティングする動きは憶えていたのに、肝心の漫才を忘れてしまった。

落ちこんだり、美沙とけんかしたりしている場合ではなかった。

もっと稽古をしなくてはいけない。

もっと勉強をしなくてはいけない。

もっと努力をしなくてはいけない。

どれだけやっても、プロになるには、全然足りない。

それでも、もっともっとと思いつづけていくべきだ。

中野さんや佐倉君を見て、遠い世界にいると考えるのではなくて、オレもあの世界に行くんだ。

世界は、オレを中心に回っている。

オレの日々をオレが変えて、世界を変える。

「やるぞ！」大きな声を上げ、自分の中にある暗く重い感情を吹き飛ばす。

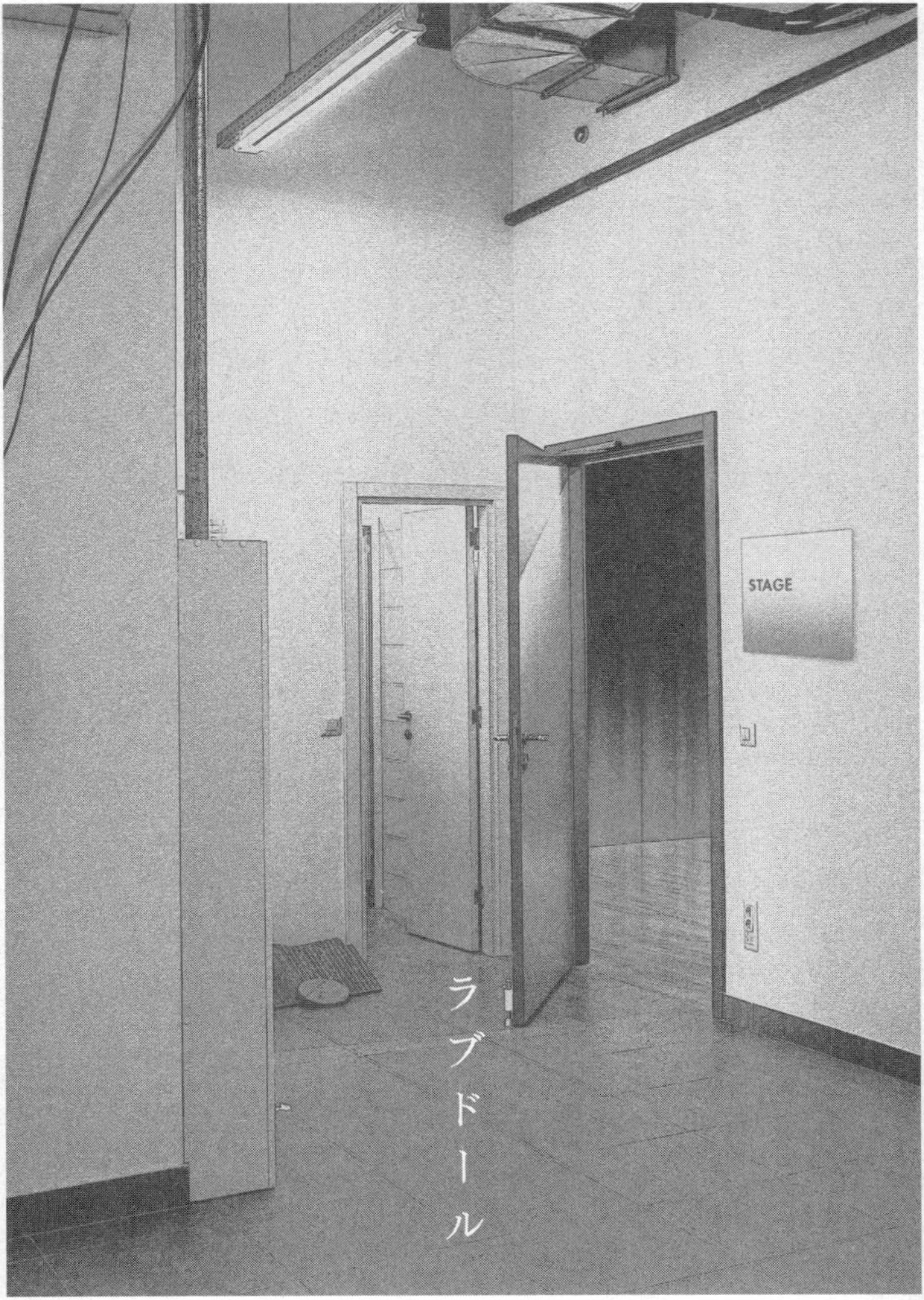

ラブドール

ベッドから起き上がり、カーテンを開ける。

窓の外は、まだ暗い。

高いビルの上で、赤いライトが点滅している。

午前三時半。

昨日のつづきで起きている人もたくさんいるだろう。

私は、これから今日を始める。

起きているのか起きていないのか、眠いのか眠くないのか、判断できない体を無理に動かして洗面所へ行き、顔を洗って歯を磨く。夢の中みたいに輪郭《りんかく》がぼやけて感じられるけれど、これが現実であることはわかっている。眠りが浅いせいか、毎日のように夢を見る。毎日毎日、この苦しい現実以上に辛くなる夢ばかりだ。しかし、どんな夢だったのかは、思い出せない。思い出そうとすると、真っ白な何もない部屋に一人でいる自分の姿が頭の中に浮かんでくる。
　インターフォンが鳴り響く。
「はい」洗面所を出て、返事をする。
　応答する機械の前まで行かなくても、声を出せば、マイクが音を拾ってくれる。こ
こへ引っ越してくる前に住んでいたワンルームのアパートにはチャイムしかなくて、
誰かが来た時には玄関まで出なくてはいけなかった。
「おはようございます。準備はできていますか？」マネージャーの声だ。
「すぐ下ります」
　テレビ局に行ったら、衣装に着替えるからパジャマのまま出てしまいたいが、そん
なことはできないので、Tシャツとスウェットのロングスカートに着替える。脱いだ
パジャマは、洗面所に置かれた洗濯カゴに入れる。
　カゴには、何日分かも思い出せないくらいたくさんの洗濯ものが山をつくってい
る。溢《あふ》れて、周りに落ちているものばかりで、そこにカゴがある意味はない。下着も
パジャマも全てまとめてクリーニングに出すしかないと思っても、電話やメールでク
リーニング屋さんに連絡する時間もなかった。やらなくてはいけないことは洗濯だけ
ではない。掃除もできていないし、冷蔵庫の中には賞味期限が切れた食べ物が溜《た》まっ

ている。どれかに手をつければ、他の全ても気になってしまう。何も、気がつかなかったことにする。

広いマンションに引っ越してきても、散らかせる面積が増えただけという気がする。アパートに住んでいた頃は、物を置ける場所が限られていた。洗濯機は玄関を入ってすぐのところにあり、洗濯ものが溜まっているのを見て見ぬフリするなんてできなかった。アルバイトと芸人の仕事を掛け持ちしていても時間があったから、ちゃんと家事をやっていた。

またインターフォンが鳴る。

「はい」

「あおいさん、まだですか?」

「今、下ります」

四時間くらい前に帰ってきてテーブルの上に置いたバッグをそのまま持ち、玄関を出る。

オートロックなので、戸締りを確かめる必要もない。

エレベーターで十五階から一階まで下りる。

エントランスロビーでスーツ姿のマネージャーが待っていた。ソファーがあるから座っていればいいのに、足をまっすぐに揃えて立っている。

「おはようございます」マネージャーは私に向かって、頭を下げる。

「おはようございます。お待たせして、すみません」

「大丈夫ですよ。どうぞ」

マネージャーの後ろについていき、外へ出て、マンションの前に停まっている車の後部座席に乗る。私が乗ったのを確かめた後で、マネージャーは運転席に乗る。

毎日必ず迎えにくるわけではない。昼からの仕事の時は、一人でタクシーに乗って現場に向かう日もある。朝早い時や遅刻できない生放送の時は、こうしてマネージャーが迎えにくる。

「今日は、まず朝の情報番組のレギュラー出演です」運転しながら、マネージャーはスケジュールの確認をする。「その後で取材が二件入っています。一件目は女性誌のインタビューで、若い読者へ向けてメッセージになるようなことを話してほしいそうです。今までの苦労話とか努力するように日々心がけていることとかです。二件目は青年向けのファッション誌で、男性タレントとの対談になります。それが終わったら、来月放送されるものまね特番の収録のためにテレビ局に戻ります。二十三時終了予定ですが、特番なので長引いて、二十四時か二十五時終了というところでしょう。

以上です」

「わかりました」

昨日の帰りにも聞いたスケジュールと変わっていない。

情報番組では、ナチュラルに見えるメイクをする。女性誌のインタビューでは、若い女性に受けがいいメイクをする。青年向けのファッション誌では、十代後半から二十代前半の男の子にかわいいと思ってもらえるメイクをする。特番ではアシスタント司会者として派手すぎないメイクをして、ものまねの出番ではまねをする女性タレントに似せたメイクをして、すぐにアシスタント司会者用のメイクに戻す。一日に何度も何度も顔を変える。

「食べたいものとか何かあれば、特番の収録中に買いにいっておきますけど、ありますか?」

つまり、一日のうちで収録の休憩時間しか、食事できるタイミングがないということだ。

「ないです。何か食べたくなったら、後で言います」

「なんでも言ってくださいね」

「はい」

四月の初めにマネージャーが替わった。今のマネージャーとは、まだ二ヵ月半の付き合いだ。「なんでも言ってくださいね」と言われたところで、何も言えない程度の関係でしかない。

でも、月日なんて関係なくて、彼にはいつまで経っても何も言えないままだろう。彼は私が所属する南部芸能事務所のマネージャーの中では一番のベテランで、年齢は四十代の半ばぐらいだと思う。とても優秀な人だ。仕事に関して、やるべきことを完璧にやってくれる。前のマネージャーは私とそれほど年の違わない二十代の男性で、まだ若いからなんて言い訳にもならないくらい、ミスが多かった。遅刻したり、お願いしたことをすっかり忘れたりなんていうことはしょっちゅうで、何度も揉めた。運転もヘタで、落ち着いて車に乗っていられなかった。けれど、なんでも頼めた。部屋の鍵《かぎ》を渡し、洗濯や掃除までしてもらったこともある。一年半くらい前に、私がその時に付き合っていた彼氏の橋本君と駅でけんかをして、周りの人に撮られた写真がSNSに載せられた時には、私以上に社長から怒られていた。反省して落ちこんでいる姿を見ると、彼のためにも真面目に仕事をしようという気持ちになった。

マネージャーはサラリーマンで、南部芸能みたいに小さな会社でも、異動がある。前のマネージャーは四月からテレビに出ていない若手の複数組を担当することになり、私にはベテランマネージャーがつくことになった。仕事ができる人になって良かったと最初は思ったが、完璧な人よりも、なんでも言える人の方がいい。前のマネージャーを怒ることで、ストレス発散ができていたという気もする。仕事の愚痴《ぐち》や他のタレントの悪口も、恋愛のことも、なんでも話せた。

今のマネージャーとは、車に乗っていても話すことがなくて、息が詰まる。仕事に関係がない話もしようと思っても、世代が違うせいか、話が合わなくて疲れるだけだ。どうしたって親しくなれない人はいるし、友達じゃないのだから、仲良くならなくていい。余計なことは話さず、用件だけを伝え合えば仕事は成立する。

「着いたら起こしますから、寝ていてください」

「あの、事務所のライブの件って、どうなりました？」

スケジュールをあけられたら、今月でも来月でもいいから事務所のライブに出たいとお願いしてあった。テレビの仕事が忙しくなってから、毎月出ていた事務所のライブにたまにしか出られなくなり、一年以上出ていない。ものまねパブにも出られなくなったし、生でネタをできる機会が減っている。イベントの仕事がたまに入るが、企業の宣伝であることが多くて取材が入り、好きなネタはできない。事務所のライブに出ていた頃は、出待ちしてくれるファンと話したり写真を撮ったりできたけれど、彼らや彼女達と会えるのは写真集が出た時の握手会だけになった。ものまね芸人としてではなくて、グラビアタレントとして出した写真集だ。

「スケジュール調整してみたんですけど、難しいですね」

「そうですか」

「今はテレビの仕事を優先させた方がいいですから」

「そうですよね」

私の希望は、彼に伝わらない。

彼にとって、「津田あおい」は会社が扱う商品である。

商品は、売り方や方針に口出ししたりなんてしない。

外を見ると、ビルの間の暗い空に半分の月が出ていた。

朝は、まだ来ない。


特番の収録は、二十六時までかかった。

隣のスタジオでは、別の番組の収録をしていて、まだまだ終わりそうにない雰囲気だったので、二十六時というのは早く終わった方という気がしてくる。バラエティ番組の収録は、夜遅くに始まって、朝までかかることだってある。

三十時より前に帰れればいい。

たまにそう考えてしまうが、一日は二十四時間であり、二十六時や三十時なんていう時間は本来、この世界に存在しない。二十三時五十九分まで進んだら、その次はゼロになる。私達が住む芸能界という世界には、どこにもないはずのものが存在している。

「お疲れさまです。お先に失礼します」

すれ違うタレントやスタッフに挨拶をしながら、テレビ局の廊下を歩く。

誰にでも愛想良くするように心がけている。

タレントの中には、相手によって態度を変える人もいるが、そんなことをする方が面倒くさい。全員に愛想良くしていれば、それで済む話だ。ADだっていつかはディレクターになるかもしれないのだから、適当にあしらっていい相手ではない。

楽屋の入口に、ナカノシマと書いた紙が貼《は》ってあった。

ナカノシマは、南部芸能の同期だ。

まだいるならば少しでも話したいと思ったが、電気がついていなかった。隣のスタジオで収録していた番組に出ているのだろう。

今年の三月まで一年かけたオーディション番組でナカノシマは勝者になり、四月からの新番組にレギュラー出演している。番組は好評みたいで、ナカノシマも人気が出てきた。夏から秋にかけて、多くの特番に出るんじゃないかと思う。十月からはレギュラー番組が増えるかもしれない。

お互いにテレビの仕事が増えれば、ライブに出なくても会える機会があると思ったが、同じ番組に出ることはほとんどない。あったとしても、別々のコーナーで、収録日も違ったりする。オーディション番組に、私はアシスタント司会者として出演していたので、三月まではたまに会えた。同期と一緒に仕事できるというのは、心強かった。

「お送りしますよ」テレビ局から出たところで、一歩前を歩いていたマネージャーが振り返る。

「タクシーで帰ります」

「どこか行かれるんですか？」

「いいえ」

「じゃあ、送ります」

また公衆の面前で男と揉めたりしないように監視しろ、社長からそう言われているのだろう。

別にアイドルじゃないんだから男と揉めようが何しようが好きにさせてほしい。さすがに駅でけんかしたのはマズかったとわかっているので、あんなことは二度としない。でも、仕事の後で誰と会おうと私の自由のはずだ。

「まっすぐ帰りますから、大丈夫です」

「本当ですね？」

「はい」

「明日は、十一時からバラエティ番組のロケが入っています。食レポもあるので、お腹をすかせて来てください。テレビ局で打ち合わせをしてから、ロケに向かいます」

「わかりました。タクシーで行きます」

「その後は夕方から、ドラマの撮影が入っていて二十一時終了予定です」

「はい」

「では、明日もよろしくお願いします」

「お疲れさまでした」

頭を下げるマネージャーに頭を下げ、テレビ局の前に並んでいるタクシーに乗る。運転手さんにマンションの住所を伝えて、話しかけられると鬱陶《うっとう》しいので、寝たフリをする。

マネージャーもタクシーを追いかけてきたりまではしないだろうし、どこか飲みに行こうかと思っても時間が時間だから、あいている店も少ない。

芸人の仕事だけで生活できるようになるまで、深夜営業もやっている居酒屋でアルバイトをしていた。辞めてからまだ三年も経っていない。その間に、世の中は大きく変わったようだ。都心でも、深夜営業をしない店が増えてきている。私がバイトしていた居酒屋も五時閉店だったのが二時閉店になったらしい。朝まであいている店もあるが、お客さんが少なくて入りにくい。行きつけのバーみたいな店もない。芸能人がよく行くような店ならば、この時間でもあいていて知り合いがいるのだろうけれど、会いたくない人もいるかもしれない。仲のいい芸能人なんてナカノシマくらいしかいないから、会いたくない人の方が多い。女芸人の集まりに呼んでもらったり、ドラマで共演した女優と遊びにいったりしたこともあるが、どこにも馴染めなかった。芸人の中では女優扱いされて、女優の中では芸人扱いされた。ものまねする時と同じように、相手によって自分を変えた。誘われても、仕事が忙しくてなかなか行けず、断っているうちに誘われることもなくなった。

社長やマネージャーの心配を裏切り、男のところにでも行きたいと思っても、彼氏はいない。

愛想良くしているのを好意と勘違いした人に誘われたりするけれど、デートする時間もないし、付き合いたいと思える人もいなかった。

去年のはじめに橋本君と別れてから一年以上、マネージャー以外の男の人とは、二人で食事もしていない。

私のレギュラー番組が決まったのをきっかけに、事務所の先輩だったスパイラルの川崎《かわさき》さんと別れて、その少し後からアルバイトの後輩だった橋本君と付き合い始めた。居酒屋を辞めることになり、店長とバイトのみんながお別れ会を開いてくれた。その帰りに、橋本君から告白された。バイト中に橋本君は、力仕事を率先してやってくれたり、酔っ払いにからまれたらさりげなく助けてくれたりした。頼れる後輩で、かわいい弟という感じだ。誰に対しても優しい子だから、私のことをそういう風に見ているなんて考えてもいなかった。橋本君は大学生だし、六歳も下だし、川崎さんと別れたばかりだしと思い、最初は断った。今まで通り姉と弟という感じで仲良くしようと話したら、「このまま会いつづけるのは、逆に辛い」と言われ、付き合うか会うのをやめるか選んでほしいと言われた。好きなのかどうなのかわからなかったけれど、会えなくなるのは寂しい。何日か悩んだ後で、私から「飲みに行こう」と連絡して、その日から付き合うことになった。

二十代の男女として、ごはんを食べにいき、映画を見にいくという普通のデートをしたかったが、私はテレビに出るタレントなので、そういうわけにはいかない。私の部屋に橋本君を呼ぶのも、問題があると感じた。前に住んでいたワンルームのアパートは長年のアルバイト生活による貧しさが染みついていて見せたくなかったし、引っ越した後の今のマンションは成金感が出ていて見せたくなかった。もしも私の部屋に出入りするところを週刊誌にでも撮られたら、山形にいる橋本君のご両親に申し訳ないという気もした。安全策を考えて、橋本君のアパートで会った。

ごはんを作ってあげたり、二人でＤＶＤを見たり、部屋でもできることはたくさんあると思っていたが、セックスばかりしていた。

レギュラー番組が決まった後、想像した以上に仕事が一気に増えた。こなすのが精一杯で、体力的にも精神的にもついていけない。すごく疲れていても眠れない日々がつづき、体重も減った。生命が危機的状況に陥ると、繁殖しようという意識が強くなるのか、睡眠欲も食欲もなくなっても、性欲だけは強く残った。まだ若い橋本君をセックスの相手としか考えられなくなった。それなのに、私のことをわかってくれないとか一緒にいてもつまらないとか、勝手なことを考えたりもした。別れる直前の頃は、彼といると楽と思っていたけれど、その時に橋本君はただ私の言うことを聞いてくれる人でしかなくなっていた。

川崎さんと付き合っていたのは、スパイラルが売れていた頃だ。その頃に川崎さんが住んでいたマンションで、セックスをするだけの付き合いだった。セックス中にものまねを要求された。私じゃなくて私の声と川崎さんは付き合っているんだと考えていた。ラブドールのように扱われていると感じても、別れられなかった。それでも好きだと思いこみ、結婚したいとも考えていた。

別れた時に、目が覚めたような気がした。

どれだけ川崎さんが浮気をしても責めずに許したし、付き合い方が異常だった。ものを言わないお人形さんのようにしか見られていないのに、結婚したいと考えるなんて、感覚が狂っていたとしか思えない。これからは普通の恋愛をしようと決めていたのに、今度は私が橋本君のことをものを言わないお人形さんのようにしか見られなくなった。異常だったと理解しながらも、川崎さんへの未練もあり、そのいら立ちを橋本君にぶつけたこともある。橋本君は一度も怒らなかったし何も言わなかったけれど、私が何にいら立っているのか、わかっていただろう。

三月に大学を卒業して、橋本君は山形の実家に帰った。

本人から聞いたわけじゃない。事務所の後輩の新城君がメールで教えてくれた。新城君と橋本君は、同じ大学に通っていた親友だ。別れてから一年以上経つし、向こうは別れてすぐに年下のバイトの後輩と付き合っていた。それを知らせてきたのも、新城君だ。私から聞いたわけでもないのに、橋本君の情報をいちいちメールしてくる。もう終わったことだから教えてくれなくてもいいと思っても、それを見ると、少しだけほっとする。お人形さんになってしまった橋本君は、私と別れて、バイトの後輩で弟のようだった橋本君に戻った。弟が元気でいることは、嬉しい。

けれど、その姿を思い出す度に、会いたくなる。

弟を思う気持ちではなくて、恋人を想う気持ちが溢れてくる。

社長やマネージャーは、何も心配しなくていい。

橋本君以外の男と付き合おうなんて気持ちは、起こらなかった。

ドラマに出て女優みたいなことをしても、バラエティ番組のアシスタント司会者として女子アナみたいなことをしても、自分は芸人なのだと思わされる仕事がたまにある。

元カレが今の彼女と一緒に経営している店に取材に行くなんて、私が芸人ではなかったら、ＮＧを出していい仕事だろう。

スパイラルを解散して、事務所を辞めてしばらく経ち、川崎さんは去年の春にカフェをオープンした。繁華街と言われる辺りからは少し離れたところにあるが、隠れ家的な感じで人気があるみたいだ。夜は照明を落としてバーのようになる。川崎さんを慕っていたナカノシマの野島君以外にも、若手芸人がよく来て、溜まり場になっているらしい。川崎さんの彼女のサチさんはモデルで、一時期は落ち目という感じで仕事が激減していたが、最近は人気が復活してきていて、三十歳前後の女性向けのファッション誌で活躍している。モデル業をやりながら、彼氏とカフェを経営するというライフスタイルも注目されている。サチさんの後輩のモデルも、店によく集まっているようだ。

別れなかったら、自分がサチさんのポジションにいたのかどうか考えてしまうが、それはなかっただろう。サチさんと出会ったから、川崎さんは芸人の仕事を辞めた後に、カフェをオープンしようと切り替えられたのだと思う。私と付き合っているままでは、芸人を辞める決意もできなかったのではないかという気がする。

「今日は、よろしくお願いします」

並んで立つ川崎さんとサチさんに挨拶をする。

二人とも背が高くて、よく似合っている。

背の低い私は、二人に見下ろされている感じになる。

男前芸人と言われても、芸人の中ではかっこいい方という程度だった川崎さんが、テレビに出ていた頃よりもかっこよくなっていた。サチさんに言われて、服装や髪形を変えたのだろう。野菜を中心としたメニューが売りのカフェだから、食生活が変わったのも良かったのだと思う。肌艶も良くて、若返った感じがする。店は二十五時閉店だが、芸能界にいた頃よりも規則正しい生活を送れているはずだ。

「よろしく」川崎さんは、笑顔で言う。

笑顔は相変わらず、だらしない。

「よろしくお願いします」サチさんが言う。

「元カノ」私を指さし、川崎さんはサチさんに向かって言う。

「知ってる」余裕の笑みで、サチさんは返す。

「婚約者」サチさんを指さし、川崎さんは私に向かって言う。

「……婚約？」

余裕の笑みで返したかったが、できなかった。

一緒に店をやるという話は、一昨年の終わりに南部芸能の忘年会で聞いた。社長に報告に来ていて、その時にも結婚がどうという話はしていた。恋人同士で共同経営者になるならば、結婚を考えるのが当然だろう。でも、川崎さんのことだからどうせ女ともうまくいかないし、店もうまくいかないと思っていた。自分勝手で、何も考えていなくて、子供みたいな人だ。感覚で動く人だから、経営のように頭を使うことは苦手なはずだ。それなのに、女も店もうまくいっている。

「店も落ち着いてきたし、今年中には籍を入れる」川崎さんが言う。

「そうですか。おめでとうございます」

「ありがとう。ちょっと、準備してくるね」サチさんは、カウンターの裏にある厨房《ちゅうぼう》へ行く。

「社長には、報告したんですか？」

「近いうちに報告に行く」

「マンションって、引っ越したんですか？」

「ああ、うん。今は、この近くにサチと二人で住んでる」

「そうですよね」

私と川崎さんが二人で過ごした部屋は、なくなったということだ。一緒に選んだ家具や雑貨も、捨ててしまっただろう。橋本君と過ごした部屋だって、もうない。マンションやアパート自体が残っていても、住人がいなくなれば、部屋の空気や雰囲気も変わって元に戻らなくなる。私が帰れる場所は、どこにもない。

「引っ越しの時、ピアスって出てきませんでした？」

「ピアス？」

「赤い石のピアス、どこかでなくしちゃったんですけど見つからないから、川崎さんの部屋じゃないかと思って」

「なかったと思うよ」

「そっか」

南部芸能のライブに初めて出た時にもらったギャラの千円で、ピアスを買った。いつもつけていたのに、ある時に鏡を見たら、片方がなくなっていた。自分の部屋か、川崎さんの部屋か、楽屋かで着替えた時に引っかかって、落としてしまったのだと思う。

「大事なものなの？」

「ううん」首を横にふる。

「野島が引っ越しの手伝いに来てくれたから、聞いてみておこうか？」

「大丈夫です。なかったらなかったでいいものなので」野島君だったら、私のものだとわかるだろう。

「いいのか？」

「はい」

掃除機で吸えるくらい小さなものだし、なくしたのは四年以上前だ。出てくるはずがない。

サチさんが厨房から出てきて、川崎さんの隣に立つ。

私には聞こえないくらい小さな声で二人は何か話す。笑顔でうなずくサチさんに、川崎さんも笑顔を返す。笑顔のままで、川崎さんは私を見る。

「入籍したら、ここでパーティーをやる予定だから、あおいにも来てほしい」

「もちろん、参加させてもらいます」

「あおいがテレビに出ているのを見ると、俺も頑張ろうと思える。大変だろうけど、頑張れよ」

「はい。ちょっと失礼します」

心がからっぽになっていくのを感じた。

撮影の準備をしているスタッフをかきわけて、外へ出る。

今日は、朝から雨が降っている。

朝の情報番組に出た時、梅雨入りというニュースを聞いたけれど、あれは何日前のことだったのだろう。

夜空か、灰色に染まる雨空、たまに外へ出ても、それしか見られない。

昨日仕事に行く時には月が見えたのに、ずっと雨が降りつづいている気がする。

「あおいちゃん、髪が崩れちゃうから中に戻って」傘を持ち、メイクさんが出てくる。

「ああ、すみません」

「メイクもちょっと直しましょうか？」

「はい、お願いします」

店の隅のテーブルを借りて、ヘアメイクを直してもらう。

世間で私は、「津田ちゃん」と呼ばれている。仕事関係の人は「あおいちゃん」や「あおいさん」と呼ぶ人が多い。

「津田あおい」というのは、本名ではない。

本名は「津田葵《あおい》」という。「葵」が「あおい」と平仮名になっただけで、音としては変わらない。でも、『赤毛のアン』でアンが「アンと呼ぶのだったら、eのついたつづりのアン」と主張するように、「葵」と「あおい」も微妙に違う。

付き合っている頃に川崎さんは、私を「あおい」か「あおいちゃん」と呼んだ。彼の前で、「葵」になれなかったのが別れの原因だったのだと思う。三年近く付き合っていたのに、いつまで経っても、芸人の先輩と後輩のままだった。川崎さんにとって私が「津田あおい」でしかなかったように、私もずっと川崎さんを芸人の先輩として見ていた。だから、私の仕事がうまくいき、川崎さんの仕事が駄目になった時に、付き合っていられなくなった。

別れてからもうすぐ三年が経つ。恋人同士だったのはお互いにとって過去のことになり、川崎さんは芸人ではなくなった。それでも、彼にとって私はいつまでも「あおい」でしかなくて、ものを言わないお人形さんのままなのだろう。

そうではなかったら、「頑張れ」なんて軽く言えない。スパイラルは芸人ブームに乗り、ゴールデンのレギュラー番組を何本も持っていたが、ブームが去ったのと同時に仕事が減った。相方の長沼《ながぬま》さんが心身ともに壊し、解散した。川崎さんがどんなにバカでも、長沼さんの辛さは理解しているはずだ。

芸能界で生きるというのは、底なし沼で泳ぎつづけるようなものだ。

手足をどれだけ動かしても、泥水は重たくて、前に進まない。休もうとしたら、そのままどこまでも沈んでいく。これ以上頑張ったら死んじゃうと思っても、泳がなくてはいけない。「頑張れ」という言葉は、体を余計に重くする。

私のことを「津田葵」として見てくれる人は、どこにもいない。

ドラマの撮影まで一時間くらいあいたから、今後のスケジュールを確認するために、事務所に寄ることにした。

ナカノシマも来ていないか、新城君と溝口君のメリーランドが稽古していないか、前のマネージャーがいないか期待しながら、事務所のドアを開けたが、事務員さんと社長しかいなかった。

奥に座っている社長と目が合い、カフェにでも行けばよかったと後悔した。

「あら、久しぶり」社長が言う。

「お疲れさまです」逃げられそうにないので、事務所に入る。

「マネージャーは？」

「下にいます」

事務所の入っているビルの前まで一緒に来たが、マネージャーの電話が鳴り、先に行ってくださいと言われた。

「そこに座りなさいよ」自分の席から立ち、社長は応接セットのソファーに座る。

梅雨時に少しでも明るい気持ちになろうとしたのか、社長は黄色いスーツを着ている。ネクタイとシャツと靴《くつ》は黒だ。黄色と黒の組み合わせは、人間に危険を感じさせるらしい。

「失礼します」社長の正面に座る。

「最近、どう？」

「順調です」

「何が？」

「仕事がですよ。それ以外、何もしていませんから」

「新しい男は？」

「いません」

「あんた、野島と付き合ってみれば」

「ああ、それは、絶対にないですね」カバンからペットボトルを出して、ミネラルウォーターを一口飲む。

野島君は、もともとは私のことが好きだったのに、マネージャーの鹿島ちゃんに心変わりした。しかし、いつからか、また私のことを好きになったようだ。誰から聞いたわけでもないが、野島君の態度でなんとなくわかる。好かれているのは嬉しいけれど、野島君を好きになることはない。

友達でお互いのことをよく知っているし、太っているという見た目はそのうちに気にならなくなる。私と付き合ったら、野島君は心変わりしなくなって浮気なんてしないだろうし、なんでも言うことを聞いてくれる。楽そうに思えるが、それが問題だ。どちらかがどちらかの言うことを黙って聞くような付き合いはしたくない。今の私だったら、川崎さんの前でもお人形さんにならず、橋本君をお人形さんにせず、付き合える。

「野島と付き合うならば、今だと思うわよ」

「どういう意味ですか？」

「話題性」

「そんなことのために、付き合いません」

「芸人が告白するみたいな番組あるじゃない？　ああいうのに二人で出てみれば。野島の片想いの歴史を再現ＶＴＲにしてもらって」

「嫌です」

三月まで、事務所に来ると、ナカノシマかメリーランドが必ずいて、稽古をしていた。ナカノシマは仕事が忙しいし、メリーランドも最近はあまり来ていないようだ。大好きな事務員さんぐらいしか話し相手がいなくて、社長も退屈しているのだろう。

恋バナをする相手に飢えていたのだと思う。残念だけれど、野島君とは付き合わないという話ぐらいしか、私に提供できる恋バナはない。

「そうだ。川崎と会ったんでしょ？　どうだった？」

「社長に報告することがあるって言ってましたよ」

「結婚？」

「報告を待ってください」

私から言ってもいいけれど、こういうのは本人の口から言うべきことだろう。社長は、私達にとって、東京のお父さんみたいな人だ。本人に言えば、「お母さんでしょ！」と返されると思うが、どう考えたって、頼りがいのあるお父さんの方が正しい。

「まさか、別れたの？」

「いえ、サチさんも今日いましたから」

「そう。どう？　川崎が結婚するって聞いて、どう感じた？」

「どうも感じません。別れたの三年近く前ですよ」

「強がらないで、正直に言いなさいよ」

「強がってなんかいません」

正直な気持ちは、よくわからなかった。嫉妬していないと言えば嘘になるし、つまらないとも感じている。しかし、良かったと感じて、お祝いする気持ちが全くないわけではない。どっちが本心なのか考えると、どうでも良くなってしまう。

「それよりも、ライブに出たいんですけど、どうにかできませんか？」

「ライブ？」社長は、汚いものでも見るような顔になる。

「なんですか？　その顔は」

「あおいの口から、ライブに出たいなんて話が出てくるとは思いもしなかった」

「私、結構前から、マネージャーにお願いしてるんですけど」

「あら、そうなの？」

「ライブに出たいんです」

「どうして？」

「ネタをやる機会自体が減ってますし、ファンとの交流もできていません。司会者や女優の仕事の方が多いのに、嫌なところだけ、芸人の仕事を求められます。もっと、芸人として真っ当な仕事がしたいんです」

「ファンとの交流なんかに、興味あるタイプだった？」

「前はありませんでしたけど……」

毎月ライブに出られていた頃は、出待ちしてくれるファンへの対応を面倒くさく感じることもあった。

「あおいはね、ちやほやされたいだけなのよ。テレビの仕事でだって充分ちやほやされてるのに、それだけじゃ足りないんでしょ？」

「そんなことありません」

「事務所のライブに出れば、芸人からかわいがられて、ファンからもかわいいって言ってもらえる。そういう表面的な感情を大量に浴びたいんでしょ？」

「……違います」

「テレビの収録中だって、色んな男に口説《くど》かれてんでしょ？　それで我慢しなさいよ」

「だから、そういうことじゃなくて……」

悔しいが、社長の言うことは、当たっている。

テレビの現場でだって、もてているが、バラエティタレントとして安く扱われている。ドラマの主演女優とかには、スタッフや芸人も、簡単には声をかけない。私は、付き合えそうとかやれそうとか思われている。ライブやものまねパブに出ていた頃は、私は川崎さんの彼女で美人芸人ともてはやされていたから、大切に扱ってもらえた。野島君や他の男性芸人にとって、高嶺《たかね》の花というやつなのだと感じられた。

でも、それだけのためにライブに出たいわけじゃない。

オーディション番組のメインの司会者は、アイドルグループのリーダーである大鳥《おおとり》さんだった。収録は二本撮りで月に二回あった。一年間、毎月二回、大鳥さんの隣に立ちつづけた。自分は器用でスタッフの指示にすぐ対応できる方だという自信があったのだけれど、全然駄目だと思い知らされた。大鳥さんは収録のはじまる直前までスタッフや出演する芸人と話していて、仕事のことなんて何も考えていないように見えるのに、カメラが回り始めるのと同時に表情が変わる。スタッフがカンペを出した瞬間に対応する。何かを見て、頭で理解して、言葉を発するのが普通の人間ならば、大鳥さんには頭で理解する時間がほぼない。見た目や運動神経に恵まれているだけでアイドルになったのではなくて、常人には考えられないくらい頭がいい。

スターにはなれない。

才能があって努力すれば、芸能人にはなれる。けれど、スターになれる人は、スターとして生まれてくるのだ。大鳥さんは、そういう星の下に生まれてきた人だ。一年間一緒に仕事をして、自分の無力さがよくわかった。

私はメインの司会者にはなれないし、ドラマでも主役にはなれない。女性タレントは男性タレントに比べて、活躍できる期間が短い。三十歳を過ぎたら、仕事が一気に減る。かわいいと言われて、ニコニコしているだけでは、若い女の子に負けてしまう。ライブに出て芸を磨かなければ、先がなくなる。

話題性に飛びついてくる人達ではなくて、芸を見にライブに来てくれるファンに認められる芸人になる必要がある。

社長にスカウトされて始めた仕事で、どうしてもなりたくて芸人になったわけではない。川崎さんと付き合っていた頃は、結婚して仕事を辞めちゃいたいと思ったことだってある。生活は不規則だし、好きに外を歩けないし、SNSには悪口を書かれ、嫌になってしまうことは毎日のように起こる。それでもつづけてきたのは、芸に対して極めたいという気持ちがあるからだ。

「何よ？」社長が言う。

「せめて、少し休みたいです」

「休み、ないわけじゃないでしょ？」

「あっても、半日です」

「あら、そう？」

「休んでる場合じゃないってわかっているんですけど、少しでいいから実家に帰りたいです」

　今年のお正月は帰れたけれど、一泊しかできなかった。東京から実家まではとても遠くて、飛行機と電車とバスで半日くらいかかる。山奥の小さな村だ。雨がやんだ後には、山の緑がきらめき、世界中が光り輝いているように見える。お正月に実家にいられたのは、ほんの数時間だけだった。

　ものまねの師匠は、母と姉だ。

　子供の頃から二人に歌や演技を鍛えられた。妹もいて、姉妹三人でいつも一緒に遊んでいた。母と姉と妹に、これからどうするべきなのか相談したい。

「全ては、幻想でしかないのよ」社長は、人さし指にはめた赤いルビーの指輪を見つめる。

「えっ？」

「過去のことは、忘れなさい」

「はい」

「休みについては、考えておきます」

「お願いします」

マネージャーの運転する車に乗り、ドラマの撮影に向かう。

窓の外では、まだ雨が降っている。

幻想でしかないと、社長に言われなくてもわかっている。

橋本君とまた一緒にいられるようになれば、楽しく過ごせる。川崎さんと付き合えば、今ならうまくいく。前のマネージャーの方が良かった。ピアスが見つかれば、ライブに出られれば、実家に帰れれば、私は幸せになれる。そう思いこもうとしているだけだ。

現在に不満しかなくて、未来に夢を見られなくて、過去に戻ることを望んでいる。

今もまだ橋本君が好きなわけじゃない。周りにいる男が嫌で、遠くへ行った元恋人を美化して考えている。付き合う前から、橋本君は大学卒業後には山形に帰ると話していた。私は、ついていけない。別れることを前提として、付き合っていた。それでいいと思える程度にしか、好きじゃなかった。

それなのに、また会いたいと考えると、少しだけ胸が痛む。山形にお嫁にいっても良かったんじゃないかと思えてくる。私にとっての幸福な未来は、山形にある気がする。それもまた、幻想だ。彼には、新しい恋人がいて、私のことなんて忘れているだろう。

「着きましたよ」車を止めて、マネージャーが言う。
「はい」
車から降りる。
いつの間に雨がやんだのか、太陽が出ていた。
思わず、直接見てしまう。
目の前が白くなっていく。
全ての輪郭がぼやけて、真っ白に染まる。
遠くで、誰かが叫んだ。

白い。
天井も、壁も、布団も、シーツも、ベッドも、何もかもが白い。
テレビ局の医務室かと思ったが、病院のようだ。
車を降りて、そのまま倒れたんだ。
腕には点滴の針が刺さっている。
病室には、私しかいない。
マネージャーは、謝罪とスケジュールの調整に行っているのだろう。

高校を卒業してから東京に出てきて、十年以上経つのに、こういう時に頼れる人がマネージャーと社長くらいしかいない。仕事が忙しくなるより前は、バイト先に友達がいた。ものまねパブに一緒に出ている芸人とは、しょっちゅう飲みに行っていた。大学の友達ともよく会っていた。恋人よりも友達よりも仕事を選び、私の周りには誰もいなくなった。

売れていなかった頃は、芸人としてお金を稼げるようになって、広い部屋に引っ越せれば幸せになれると思っていたのに、そんなことはなかった。

あの頃に欲しかったものをどれだけ手に入れても、不幸になっていくばかりだ。

川崎さんと別れる時、私は仕事と川崎さんを天秤《てんびん》にかけた。そんな冷たいことを平然とできる人間だから、幸せになんてなれないんだ。

太陽は幻だったのか、窓の外ではまた雨が降っている。

夜になって真っ暗に染まった世界に雨の音が響く。

ドアが開く。

「あっ、起きてる！」

看護師さんかマネージャーだろうと思ったのだが、入ってきたのは妹だった。

「ああ、良かった」妹の後ろから姉も入ってくる。

「どうしたの？」起き上がり、二人に聞く。

「起きないでいいから、寝てなさい」姉が言う。

「うん」点滴の針に気を付けながら、私は布団に入り直す。

「倒れたっていう連絡を受けて、慌てて来たの」

「えっ？　だって、うちからここまで、すぐに来られないでしょ？」

姉も妹も結婚しているが、実家の近くに住んでいる。将来的には、姉の家族が実家で両親と同居する予定だ。

「三日も意識がなかったのよ」真剣な顔で、妹が言う。

「嘘？」

「このまま目覚めないいんじゃないかと思った」

「嘘でしょ？」

「嘘なんかつかないよ」

「ああ、嘘だね。あんた、芝居がヘタなんだから、つまらない嘘つくんじゃないよ」

歌も演技も母が一番うまかった。その次が姉で、次が私だ。妹は大袈裟で芝居がかった演技をするので、嘘をつくとすぐにわかる。

「倒れてから、三時間くらいってところね」姉はベッドの横に椅子を置いて座る。

「三時間じゃ来られないよね？」

「偶然というか必然というか」妹も椅子を置いて座る。「お正月に会った時もあんまり話せなかったし、テレビで見ても元気ないみたいだったし、ものまねのレベルも落ちてる感じがしたから、どうしてるか会いにいこうっていう話になって、それで来たの。事前に連絡して気を遣わせるのも悪いし、鍵はお母さんが預かっているのがあるから、それで部屋に入って待ってて、驚かそうと思って」

何かあった時のために、マンションの鍵を母に一本渡した。もしも私が部屋で一人で倒れたりして連絡が取れなくなったら、マネージャーが母に電話して、東京に来てもらうことになっていた。

「そしたら、倒れたって連絡があったって、お母さんから電話がかかってきてビックリしちゃった」

「そうなんだ」

「部屋の片づけしておいたからね」姉が言う。「忙しくても掃除や洗濯はちゃんとやりなさいよ。って、お説教したいところだけど、そんな時間もなかったのね。こんなに痩せて」

「うん」涙がこぼれ落ちそうになったのを堪《こら》える。

子供の頃は姉妹三人でそっくりと言われたのに、今の私は、姉とも妹ともあまり似ていない。主婦である二人は少し太ったみたいだけれど、ふっくらとして柔らかそうだ。私は痩せているのではなくて、やつれている。

「しょっちゅうは無理だけど、たまに来るから。私達を頼っていいのよ」

「でも、遠いし」

「遠慮しなくていいの。交通費を出してくれれば、それでいいから。東京で買い物もしたいし」

「それくらい、いくらでも出すよ」

山奥の村で主婦をやるというのも、決して楽ではないだろう。中学生や高校生の頃は、姉と妹も東京へ出ることを希望していた。

東京は、姉妹三人で夢に見た都会だった。

「これ、届いてたよ。早く食べないと駄目になっちゃうし、これなら食べられるかと思って持ってきた」

妹は手に持っていた紙袋をベッドに置く。

「何？」

「結構っていうか、かなりいいやつなんじゃないかな」紙袋から箱を出す。

さくらんぼだった。

箱を開けると、赤いさくらんぼと一緒に手紙が入っていた。

起き上がり、手紙を開く。

のぞきこんでこようとする姉と妹をよける。


お久しぶりです。

一年以上もの間、連絡せず、すみませんでした。

別れてからもずっと津田さんのことを考えていました。（すぐに彼女ができたことは、新城から聞いたと思います。しかし、彼女と津田さんを比べてしまい、長くはつづきませんでした。）アルバイトの先輩と後輩として仲良くしてもらっていた頃から、僕は津田さんが好きでした。付き合えるようになって、とても嬉しかったです。それなのに、大切にできなかった。あなたのことを理解しようともしないで、嫌われないようにと自分のことばかり考えていました。付き合っている間も、別れる時も、向き合って話し合うべきだったと後悔しています。出演しているテレビ番組は今でも必ず見るようにしていますが、そこに映っている津田さんと僕の隣にいた津田さんは、別人という気がします。僕の隣にいる津田さんのことを見て、大切にして、もっと長く一緒にいたかった。

ごめんなさい、こんな手紙、迷惑ですよね。ちゃんと話せなかった後悔をなくしたいというのは、僕のわがままでしかありません。

さくらんぼの収穫をしながら、津田さんに食べてもらいたいと思ったので、送らせてもらいました。もし良ければ、これからも毎年六月に送らせてもらいます。迷惑なようでしたら、新城を通してでもいいので、「いらない」という連絡をください。

あと、ピアスを同封させてもらいます。

居酒屋のバイトを辞める時、更衣室や休憩室の大掃除をしました。その時に休憩室の棚の奥から出てきたものです。本当は、山形に帰る前にこれを持って会いにいこうと思っていたのですが、できませんでした。

これから暑くなりますが、体には気をつけてください。


封筒をひっくり返すと、赤い石のピアスが手の平に落ちた。

さくらんぼの箱に貼られた送り状には、橋本君の名前と山形の家の住所が書いてある。

宛名は「津田葵」になっていた。

橋本君は、私のことを「津田さん」としか呼んでくれなかった。

でも、彼の中で私は「津田葵」だったんだ。

「葵ちゃん」妹が私を呼ぶ。

「葵、どうしたの？」姉は、私の背中に手を置く。

涙がこぼれ落ちて、止まらなくなった。

ピアスを握りしめた手で涙を拭く。拭いても拭いても止まらずに、こぼれ落ちていく。

「辛かったんだね。葵は、頑張っちゃうから」

「葵ちゃん、もてたくて、いい顔しようとするから駄目なんだよ」妹が言う。

「たくさんの人に好かれるより、一人に愛される方が幸せなのにね」

「ねえ」

「うるさいっ！　みんなに好かれたいのっ！」

泣きながら言うと、姉も妹も笑っていた。

二人を見て、私も笑ってしまう。

私のことを「津田葵」として、見てくれる人はたくさんいる。

だから、私はまだ頑張れる。

中間地点

焼肉ぐらい、何度も食べたことがある。

子供の頃は誕生日や記念日に家族で近所の焼肉屋に行ったたし、大学生の頃はバイト代が出たら友達や彼女と焼肉屋に行った。芸人になってからは、地方へ営業に行くと、その土地の肉を食べさせてもらえたりした。一枚で何千円もする高い肉や希少部位と呼ばれる肉だってあった。

でも、今日の焼肉と今までの焼肉は違う。

「じゃあ、中野君から乾杯の音頭《おんど》を」正面に座るプロデューサーが言う。

「えっ？　なんで僕なんですか？」

「番組のＭＣなんだから」

「いや、でも、こういう席では、プロデューサーがやった方が」

「いいから、いいから」

「わかりました。じゃあ」
生ビールのジョッキを持ち、僕は立ち上がる。
広いテーブルの周りには、番組にレギュラー出演している芸人とスタッフが揃《そろ》って
いる。店の二階を貸切にした。窓の外には、東京タワーが見える。どこかで花火大会
をやっているみたいで、遠くから花火の打ち上がる音が聞こえた。
「みんな、グラス持って」プロデューサーが言うと、全員がグラスやジョッキを持
ち、僕の方を見る。
「えっと、手短に済ませます」
話し出した僕を見て、奥に座っている中嶋とその斜め前の野島が笑う。一階へ下り
る階段に近いところに座るマネージャーの鹿島ちゃんも、嬉しそうに笑っていた。
「三月から今日までやってこられたのは、みなさんのおかげです。MCを任されてい
るのに、うまくできずご迷惑をおかけしました。十月以降の番組継続にほっとしてい
ます」
「中野、暗いよ」野島が言う。
「そうだよ。もっと、明るく」中嶋が言う。
「ああ、すいません。とにかく、十月以降も頑張りましょう！　そして、できるだけ

長くつづけましょう！　目指すは、ゴールデン！」

「ゴールデン！」全員で声を合わせ、乾杯する。

座り直してから、周りに座る芸人やスタッフとグラスやジョッキを合わせる。

今年の三月まで一年間つづいたオーディション番組で、僕と中嶋と野島で組むナカノシマは、勝者になった。

緊張のせいか、決勝進出が正式に決まったくらいから体調が悪くなり、決勝の前の四日間は高い熱が出て寝こんだ。実家で母と姉に看病してもらい、少しは良くなったように思えたが、決勝前日の夜にまた熱が上がった。解熱剤も効かず、母と姉にテレビ局まで車で連れていってもらった。楽屋でもずっと横になっていて、起き上がろうとしても足元がふらつき、ネタの出番では後輩芸人のメリーランドの新城と溝口に支えてもらい、スタジオへ向かった。生放送だったため、倒れそうになったり吐きそうになったりしたら、すぐに合図をするようにスタッフから言われた。意識が朦朧《もうろう》としていたのに、ネタをやった四分間だけは、一気に熱が下がったように感じた。もしくは、熱が上がりすぎて、普段は出せない力が覚醒《かくせい》したのかもしれない。舞台で起こっていることも、客席の様子も、スローモーションみたいに見えて、いくらでもコントロールできる気がした。スポーツ選手が言う「ゾーン」のようなことだと思う。「ゾーン」に入ると、ボールや相手の動きが止まって見えるらしい。出番が一番最後だったので、ネタが終わるとそのままエンディングの結果発表だった。発表された瞬間は立っているのが精一杯で、何が起きたのかよくわからなかった。中嶋と野島が僕に抱きついて泣いていたけれど、悔し泣きだと思った。歯科医院での仕事を終えて駆けつけた父が母と姉と一緒に観客席の隅《すみ》にいて、泣いているのが見えた。その姿を見て、「勝てたんだ」と実感した。

四月からレギュラー番組が始まったが、場合によっては半年で打ち切りと言われていた。二十四時十五分からの深夜番組なので、話題にならなければ、もともとそんな番組はなかったかのように消えていく。しかし、目標を番組の継続とすると、小さくまとまってしまいそうだ。目標は十九時から二十二時のゴールデンタイム進出、と収録の初日にプロデューサーとディレクターが宣言した。三十分番組でも、収録や打ち合わせは毎日のようにある。スタッフに言われる通りにやればいいのではなくて、芸人の方からもアイディアを出す。ゴールデンを目指して、全員で必死になった。

その結果、十月以降の番組継続が決まった。

今日は、お祝いの焼肉だ。

オーディション番組が終わってすぐに新番組の収録が始まり、芸人同士で飲みに行ったり、打ち合わせを兼ねてスタッフと食事に行ったりすることはあったが、全員での飲み会は初めてだった。

「どんどん食べて」肉を焼きながら、プロデューサーが言う。

「はい！」

まだ少し生の部分があるカルビを食べる。

甘い脂《あぶら》が口の中に広がり、とけていく。

最初の収録の時は、まだ体調が万全ではなくて、意識が低いとディレクターに怒られた。コントの収録では、芸人同士で揉めたこともあった。トークコーナーを僕がうまく回せず、ＭＣを交替させた方がいいんじゃないかと、複数のスタッフから言われた。ロケは思ったように進められなくて、芸人全員で落ちこんだ。プロデューサーもディレクターも放送作家もスタッフのほとんどが三十歳前後とまだ若く、経験も浅い。全員で悩み、ぶつかり合いながら、番組を作り上げてきた。飲みに行ったり、食事に行ったりしても、無駄話をしている時間なんて一秒もなかった。

約五ヵ月間、努力した結果が肉に詰まっている。

明日からまた収録がある。

今日ぐらいは気を抜いて、楽しく過ごしてもいいだろう。

どの席からも、笑い声が上がっている。

いつもとは違う雰囲気で話したことが新しいコーナーに繋《つな》がるかもしれない。

「大事なお知らせがあります」プロデューサーが立ち上がると、全員が黙って彼を見上げる。「九月の終わりにスペシャルが決まりました！　二十二時からの一時間半です！　これをゴールデンへのきっかけとしましょう！」

大きな拍手と歓声が湧き起こる。


収録の合間に時間があったから、銀行へ行った。

通帳記入をして、ギャラが入ったのを確かめる。

三月まで、アルバイトで生活費を稼いでいた。オーディション番組が始まってからは、テレビの仕事や営業がたまに入るようになったが、生活できるほどではなかったし、安定した額は稼げない。それより前は、所属する南部芸能事務所の月一回のライブとＣＳの情報番組に出るくらいで、子供のお小遣い程度の稼ぎだった。レギュラー番組を持てても、それ一本のギャラだけでは生活費に足りない。バイトを辞めて大丈夫なのか不安だった。しばらくつづけようと思っていたが、スケジュールを考えても、バイトをするのは難しい状況になった。収録や打ち合わせの合間の数時間しか、働けない。

より遠くへ跳ぶためには、思い切りよく踏切る必要がある。

そして、踏切りのタイミングを誤ってはいけない。

中学生や高校生の頃、運動神経のない僕と中嶋と野島は、体育の授業がどうしても好きになれず、かといってサボることもできず、理論的にどうにかできないか考えた。走り幅跳びの時に、陸上部の同級生を見ながら、遠くへ跳ぶ方法を分析した。オーディションで勝てたことを理解して、レギュラー番組を持てると実感した時に、同じ人間とは思えないくらい遠くまで跳んだ同級生の姿を思い出した。

今が踏切りのタイミングだと思い、借金することになっても構わないという覚悟で、バイトを辞めた。

ギャラだけで生活できるようになりたくて、辞めたいと思いながらつづけてきたバイトだ。辞められる喜びはあっても、それ以上に大きな不安があった。

しかし、不安になる必要なんてなかった。

四月や五月は、毎日毎日収録と打ち合わせで寝る時間もないくらいだったが、ギャラが入ってこなくて、このままでは本当に借金することになると感じた。切り詰めてギリギリの生活をしていたのに、貯金はほとんどない。消費者金融とかに行くのは怖いから、両親か姉に頭を下げて頼むことになる。せっかく、父が芸人の仕事を認めてくれそうなところで、それは避けたい。どうしようか迷っていたら、六月にはゼロが一つ多いんじゃないかと思えるような額が振りこまれた。オーディション番組で勝者になり、三月末から四月にかけて特番に何本か出演した。その時のギャラだ。ゴールデンのバラエティ番組の準レギュラーも決まり、仕事は順調に増えてきている。六月と七月には、毎日のように夏休み特番の収録が入っていた。借金なんかしなくても、余裕で生活できる。

銀行を出て、テレビ局に向かいながら、お金のことを考える。

今後入るであろうギャラの額を頭の中で計算する。

バイトしていた頃は、稼げるようになったら何をしたいとか何を買おうとか、考えないようにしていた。行きたいところもやりたいこともたくさんあったが、考えても、何も手に入れられないという気持ちが強くなるだけだ。望みなんて何もないかのように、暮らしてきた。でも、本当は、欲しいものがたくさんあった。

まずは、引っ越したい。

隣に住むフィリピン人の女の子は、最近また彼氏ができたらしくて、仕事を終えて明け方に帰ると、薄い壁の向こうからいちゃつく声が聞こえる。やっている真っ最中だと、はっきりわかる時もある。上の階には七月に、ブラジルから留学生の男の子が引っ越してきた。一ヵ月しか経っていないのに、既にホームシックなのか、夜遅くに悲しそうな声で歌っている。大学を卒業してから六年以上住んでいるが、僕以外に日本人がいたことはない。フィリピン人の女の子もブラジルからの留学生も、僕を中国人だと思っているようだ。日本の常識を彼らや彼女達に言っても、伝わらない時にはどうしても伝わらない。夜中にうるさくするなとか、ゴミの日は守れとか、言うだけ無駄だ。家賃が安いアパートにはそれなりの理由がある。管理会社のおじさんは日本人のくせに、都合の悪い時には言葉が通じないフリをする。玄関の鍵は、三年くらい前から壊れたままだ。九月の特番の収録が終わったら、物件を探し、風呂とトイレが別のマンションに引っ越す。

引っ越しの前に、海外へ行きたいが、そんな時間はないだろう。せめて一泊二日でいいから、家族を温泉旅行に招待したい。オーディションの決勝の後、体調が悪いのをどうにか堪《こら》えて、新番組の打ち合わせに出て、情報誌の取材を受けた。終わるまで、テレビ局のロビーで母と姉が待っていてくれた。観客席に父がいたはずだと思い、母に聞くと「泣いているところなんて見せられないと言って、先に帰った」ということだった。すぐにでも実家に帰り、勝利したことを改めて父に報告しようと思ったのに、時間を取れないままだ。あいた時間に帰って、ちょっと話すのではなくて、ちゃんと話したかった。僕が芸人になることを父はずっと反対していた。でも、誰よりも心配して応援してくれていたのだと思う。家族で温泉に行き、今までのことやこれからのことを話す。両親は、お金は自分のために使いなさいと言うだろうけれど、一度くらいは親孝行をしたい。

他にも、欲しいものはたくさんある。

発売したばかりのゲーム機も欲しいし、生活費に困った時に泣く泣く古本屋に売った漫画を買い直したいし、洋服も欲しい。引っ越し先に置く家電や家具も新しく揃えたい。スマホも、最新型のものにしたい。髪を千円カットではなくて、芸能人が行く美容院で切りたい。安い居酒屋じゃなくて、もっといい店に後輩芸人を連れていきたい。お洒落な店で、デートしたい。

お金があれば、なんでもできる。

我慢しつづけて考えないようにしてきた全ての望みを叶《かな》えられる。

テレビ局に入り、楽屋へ行くと、中嶋が来ていた。

「おはよう」雑誌を読んでいた中嶋は、顔を上げる。

「おはよう」

靴を脱ぎ、畳敷《たたみじ》きになっているところに上がり、中嶋の正面に座る。特番の時は出演する芸人全員で大部屋を使うことも多いが、今日みたいなレギュラー番組のスタジオ収録の時は個室を用意してもらえる。

「鹿島ちゃんと野島は？」

「鹿島ちゃんは、今日は来ない。野島はまだ来てない」

担当の芸人が複数組いるため、鹿島ちゃんはナカノシマの現場に必ず来るわけではない。南部芸能で今一番売れている津田ちゃんには移動車があり、現場では常にマネージャーが一緒にいる。津田ちゃん専用ではなくて、南部芸能の所有する移動車だから、ナカノシマにも使う権利がある。僕達はまだ津田ちゃんほど稼げていないのかもしれないけれど、同じくらい忙しいはずだ。来年には、僕達も津田ちゃんも三十歳になる。同い年でも、女性である津田ちゃんに先はないという感じがする。見た目の良さで売れて、芸人のくせにグラビアもやっている。三十歳になり、ビジュアルが衰えていくのに合わせて、人気もなくなるだろう。今だって、芸人の中ではかわいいという程度だ。先がないタレントよりも、ナカノシマの待遇を良くしてほしい。

「何読んでんの？」中嶋に聞く。

「これ」雑誌を閉じる。中古車の情報誌だった。

「車、買うの？」

「どうしようかなって、思って」

「どれとどれで、迷ってんの？」

「どれっていうのはまだなくて、中古でも高いからどうしようかなあ」

「新車で買えばいいじゃん」

「それは、無理だよ」

「なんで？　外車だって買える金が入ってくるのに」

ナカノシマは、ピンでの仕事はほとんどない。三人で同じ額のギャラが入っているはずだ。まだ外車を買えるほどではないが、このままのペースで行けば、今年中にそれくらいの額は貯まるだろう。ローンを組んでも確実に支払えるから、すぐにだって買える。

「そんなに、入ってんの？」目を大きく開き、中嶋は驚いたような顔をする。

「確認してないの？」

「お金に関することは、千夏ちゃんに任せてるから」

中嶋は結婚している。奥さんの千夏ちゃんとの間には、友喜《ゆき》ちゃんという一歳二ヵ月になる娘がいる。家族で出かけるために車があればと前も話していた。

「ずっと、確認してないってこと？」

「三月までは確認してたよ。バイト辞めた時に、今後は千夏ちゃんに任すからやりくりをお願いって話して、それからはいくら稼いでるのか知らない。生活できないくらいになったら、千夏ちゃんが言ってくるだろうし」

「生活できなくなることなんてないっていうくらい、稼いでるよ」

「へえ、そうなんだ」他人事のように言う。

「だから、中古車で悩む必要なんてないんだって」

「そっか。でも、車にこだわりあるわけじゃないし、家族が増える可能性を考えたら、とりあえずって感じのでいいと思うんだよな」

「家族が増えたら、また買い替えればいいじゃん」

「だから、そう言ってるじゃん」首を傾げる。

「えっと、今も新車を買って、家族が増えたら、また新車を買えばいいじゃん」

「何年も乗らないのに、新車なんてもったいないよ。ああ、でも、軽の新車ならいいかな。千夏ちゃんと友喜で、病院や買い物に行く時にも使えるし」

「芸能人なんだから、芸能人っぽい車に乗れよ」

「芸能人っぽい車って、何？」

「外車」

「いいよ」なぜか、笑う。「外車なんて、僕も千夏ちゃんも運転できないよ。うちのマンションの駐車場にそんなんあったら、おかしいって」

中嶋のお父さんは、シルバーのベンツに乗っていたはずだ。お母さんだって、買い物に行く用のBMWを持っていた。歯科医院であるうちは結構な金持ちに入るはずだが、中嶋の家に比べると大したことがない感じがする。両親が何をやっているというわけでもなく、代々金持ちで、親戚中が同じ感じらしい。筋金入りのお坊ちゃんだったのに、芸人を目指してバイト生活をするうちに、貧乏が染みついた。千夏ちゃんと結婚して、すっかり庶民派になってしまった。

「今のマンションからは、引っ越さないの？」

「引っ越さないよ。もう一人産まれるか、友喜が小学校に入るか、それまでにはもう少し広い部屋に引っ越したいんだけど」

「それ、何年後だよ？」

「千夏ちゃんは仕事に復帰する予定だし、もう一人産むとしても、三年か四年後くらいかな。友喜が小学校に入るのは、もっと先」

「ちょっと待て。千夏ちゃん、仕事に復帰すんの？」

「保育園の待機児童が多くて難しそうだけど、できるだけ早く復帰できるように、準備してる」

「復帰する必要なんて、ないだろ？」

「なんで？」

「共働きしなくても金に困ることはないし、千夏ちゃんには家のことをやってもらった方が中嶋も集中して仕事ができる」

「僕がいくら稼いでるかわからないけど、金に困ることがないっていう状態はいつまでもつづくわけじゃないじゃん。それに、千夏ちゃんには千夏ちゃんの人生もあるから、僕と友喜のためにって思ってやりたいことを我慢してほしくない」

「大丈夫だって、金に困ることなんてもうないよ」

これから仕事は増えていく一方だ。僕達は、津田ちゃんや事務所の先輩だったスパイラルみたいに、ビジュアルで売れたわけではない。実力で、今の立場を手に入れた。三十歳を過ぎても、四十歳になっても、やっていける。

「そうなのかなあ」

「千夏ちゃんだって、芸人の妻になったんだから、やりたいことなんて我慢するべきだ」

　テレビの収録は時間が不規則で、朝早い日もあれば、明け方までかかる日もある。家のことなんてやっていられない。芸人の妻ならば、黙って夫を支えるのが当然だ。

「うーん、でも……」斜め下を向き、中嶋は困ったような顔をする。

「とりあえず、自分の稼ぎを自分で確かめろよ。その上で、中嶋家が今後どうしていくのか、決めた方がいいって」

「家計のことは、千夏ちゃんに任せた方がいいと思うんだよな」

「それでもいいよ。それで、家のことは全部を千夏ちゃんに任せればいい」

「それは、ちょっと違うっていうか」

「何が？」

　レギュラー番組が始まってから、中嶋と話が合わないと感じることが多くなった。中嶋には、芸能人という自覚がない。

　いつまで経っても、お金がなくてアルバイトをしていた頃の感覚を引きずっている。子供ができたからって、千夏ちゃんみたいな普通の女の子と結婚するべきではなかった。特番では、映画やドラマの主演女優とも話せた。自分達の番組に、アイドルがゲスト出演することもある。もっと売れて、ゴールデンに進出できれば、女優やアイドルとだって付き合えるようになる。

「おはよう」野島が楽屋に入ってくる。

「おはよう」僕と中嶋は、声を合わせる。

「見て！　これ！」野島は僕と中嶋の前に太い腕を出す。

いつもはしていない腕時計をしていた。

スイス製で、売れている芸人の間で、人気があるブランドのものだ。

「どうしたの？」中嶋が聞く。

「買っちゃった」靴を脱ぎ、野島は僕の隣に座る。「まだ早いかと思ったんだけど、時計とか車とか高いものを買って、弾《はず》みをつけるのは大事だと思って」

「時計か、僕も欲しいな」腕時計に触らせてもらう。

黒に近いネイビーの文字盤には、小さなダイヤが一つ埋まっている。このダイヤがあるのとないのとで、金額は大きく違うだろう。買うんだったら、僕も高いものが欲しい。

「銀座にいい店があるから、今度見にいく？」

「行く、行く」

「七月に特番の収録があったじゃん。その時に紹介してもらったんだよ」紹介してもらった相手として、野島は大御所の役者の名前を挙げる。

先輩に取り入るのがうまい野島は、売れている芸人や大御所と言われる芸能人に、かわいがられている。飲みに連れていってもらったりしているようだ。それがきっかけで決まった仕事もある。

「ちょっと、出てくる」

立ち上がり、中嶋は楽屋から出る。

「なんかあった？」閉まったドアの方を野島は見る。

「中嶋と合わないんだよな」

「ああ、それは、俺も感じる。状況が変わったんだって、わかってないんだよ」

「そう、そう。まあ、いいや。それより、時計もっとよく見せて」

「いいよ」腕時計を外して、僕に渡す。

持つと、思った以上に重い。

ただ重いだけではなくて、安い時計にはない重厚感がある。

この重さが僕達の手に入れたものだ。

収録の休憩時間にスマホを見たら、バイトしていた映画館の社員の古淵さんからメールが届いていた。

三月の終わりにバイトを辞めて、それから何度かメールが送られてきたが、返信できなかった。毎日毎日考えなくてはいけないことがたくさんあり、慣れない環境に一日でも早く順応しなくてはいけなくて、MCである僕は他の芸人以上にやるべきことも多い。最初の頃の何通かに対しては、返信しようと考えていたが、そんな時間はなくて、そのうちにメールが送られてきてもパッと目を通すだけになった。古淵さんは〈体、大丈夫ですか？〉と気を遣ってくれたり、〈番組、見てますよ〉と感想を送ってくれたりしたのに、煩《わずら》わしく感じた。

オーディション番組に出ている間、古淵さんはバイトのシフトでも協力してくれたし、ナカノシマが勝つためにアドバイスをくれた。彼女がいたから頑張れて、彼女のためにも勝ちたいと思っていた。社員として働く古淵さんに、ふさわしい男になりたかった。勝てたら、付き合ってほしいと伝えるつもりだった。

メールを煩わしく感じつつも、このままではいけないという気持ちもあった。しかし、ひとことでもいいから返そうと思ったところで、なんて返すべきかわからなかった。〈大丈夫、元気です〉とか〈見てくれて、ありがとう〉とかだけでいいのに、スマホを持ったままで手が動かなくなった。他の友達に対してはそれで良くても、古淵さんに対してはそれでは足りない。眠る時間が取れず、倒れそうになるまで働きながら、〈元気〉と書けば、嘘になる。どうしたらいいのか考えるのも煩わしくなっていたら、メールが送られてこなくなった。

嫌われてしまったのだろうと思ったが、これで良かったんだという気がした。

そして今は、これで良かったという気持ちが強くて、古淵さんのことを思い出すこともなくなっていた。

四ヵ月ぶりのメールには、〈お久しぶりです。番組、いつも見ています。少し痩せました？　ちょっと話したいことがあるので、飲みに行きませんか？　お時間ある時でいいので、返信ください〉と、書いてある。話したいことというのは、なんだろう。

確かめたわけではないけれど、古淵さんも僕のことが好きだったはずだ。二人で何度も飲みに行ったし、心が通じ合っていると感じた。社員がバイトを応援する以上の気持ちで、彼女は僕を見ていた。ただ、僕にとって、それはもう過去のことで、今更そんな話をされても困る。

潰れそうな映画館で働く古淵さんと芸能界にいる僕では、時間の進み方が違う。

四ヵ月前というのは、僕にとって、遥か昔のことだ。

申し訳ないけれど、古淵さんに対する気持ちは、もう少しもない。今になって〈話したいことがある〉と言ってくるなんて、僕がこれ以上売れる前に、話をつけておこうとしているように思える。映画館で働いているだけあり、芸能界やマスコミへの憧《あこが》れも強くあるだろう。僕と付き合えば、業界関係者を紹介してもらえて、転職できると考えているのかもしれない。

レギュラー番組が始まると、何年も会っていない友達からメールが送られてくるようになった。中学や高校で僕と中嶋と野島のことを「オタク」とか「キモい」とか言った奴からも、SNSにメッセージが送られてきた。仲が良かったかのような気軽な内容で、気持ち悪かった。中には、〈映像関係の会社にいるから、いつか仕事で会おう〉と書いてきたり、〈マスコミ系に就職した同級生でたまに集まってるから、来いよ〉と書いてきた奴もいた。彼らがどんな仕事をしているのか詳しく聞いていないけれど、三流の会社だと思う。ナカノシマが仕事をしているのは、在京キー局と呼ばれる全国区のテレビ局だ。大手と仕事がしたくて、僕達に連絡してきたのだろう。無視して、ネット上に余計なことを書かれるのも怖いから〈久しぶり、しばらく忙しいから、また連絡する〉とだけ返した。中嶋や野島のところにも同じようにメールやメッセージが送られてきたらしい。野島は断ったが、中嶋は飲み会に行った。「中学や高校の時とはノリも違うし、色々と話せて面白かった」と話していたが、そう思えるのは最初だけだ。何度か会ううちに、「仕事、紹介して」「アイドルと合コンできるようにして」「金、貸して」と、言われるようになる。

古淵さんも、そういう奴らと同じだ。

バイトを辞めてから会っていないので、四ヵ月以上も顔を合わせていない。向こうはテレビで僕を見ているのだろうけれど、実際に会ったというのとは違う。四ヵ月以上会っていなくて、まだ好きなんてことはありえない。彼女は、僕から得られる利益に対して恋をして、〈話したい〉と言っているだけだ。そんな相手の話は、聞きたくもない。

メールは返さないでおく。

僕が迷惑に感じていることをそろそろ気がついてくれるだろう。芸能人として、僕は自分に相応《ふさわ》しい相手と付き合う。古淵さんは顔が特別にかわいいわけでもないし、僕とは釣り合わない。彼女に相応しい男になりたいと追いかけるうちに、追いこしてしまった。

連絡を取らないようにしていれば、会う機会もない。

いつか、彼女は僕を忘れ、僕も彼女を忘れる。

コントの収録がなかなか終わらず、タクシーがアパートの近くに着いたのは、もうすぐ朝になるという時間だった。

それでも、まだ暗い。

あと数分で東の空が明るくなってくるだろう。

夜明け前が一番暗い。

バイトと芸人を掛け持ちしていた時に、何十回もそう聞いた。自分でも、言ったことがある。どうしようもないと感じる苦しみの先には、明るい未来が待っていると信じたかった。日の出までが長すぎると感じても、信じつづけた。

あれは、本当のことなのだろうか。それとも、たとえなのだろうか。

アパートの前の道は細い一方通行で遠回りしなくてはいけないので、少し離れたところでタクシーを降りる。歩きながら、空を見上げる。

夏の東京の夜空には、白い靄《もや》がかかっている。

月も出ていないし、星も出ていない。

本来の空とは違うという感じがする。

町中の灯りがついているような時間帯よりは暗いのだけれど、そういう意味ではないだろう。本当かどうか確かめるためには、空気が澄んで、星空が広がるようなところへ行かなくてはいけない。

僕は東京で生まれて、東京で育った。

子供の頃からずっと、作りものに囲まれて暮らしてきた。

自然の少ない作りものの町で暮らし、酷《ひど》いいじめに遭わないように作りものの感情に自分を馴染ませ、作りもので自分を装って女の子と付き合う。テレビ局では、朝も夜も忘れて、作りもののセットの中で仕事をする。

靄がかかっていても、頭上に広がる空は本物のはずだ。

それなのに、全てが偽物に思える。

ライブに出てコントをやっている時は、生きている実感のようなものがあった。設定を考えて役を演じ、作り話の中にいても、そこにだけ現実がある気がした。

レギュラー番組を持ち、番組内でコントをやるのは、念願だったはずだ。芸人ブームと言われた頃は、ネタ番組がたくさんあった。ブームが去り、年末年始や春と秋の番組改編期のスペシャルぐらいでしかやらなくなった。レギュラー放送のネタ番組も全くないわけではないが、大御所と呼ばれる芸人と役者が中心になっていたり、ＢＳでの放送だったりする。若手芸人がテレビでネタをやれるような機会は、年に数回もない。オーディション番組ではネタをできたが、苦しさの方が強くて、喜びを感じられる状況ではなかった。勝者になって、夢に見つづけたことができるようになった。それなのに、レギュラー番組でのコントの収録で、ライブの時みたいに生きている実感のようなものを感じられることはない。

番組でのコントはアイディアや細かいやり取りを芸人も考えるけれど、基本は放送作家が作る。ナカノシマのコントは野島が考え、僕と中嶋が意見を言い、作り上げていく。僕がネタを作っているわけではなくても意見を言えるという点は、どちらも同じだ。でも、何か違う気がする。

テレビでは、自分達がこうしたいということ以上に、こうした方が受けるということが優先される。

中嶋と野島と一緒にコントを作っている時は、自分達の価値観だけで、「こうした方がおもしろい」「こういう動きの方が流れがいい」と意見を言えた。番組の収録では、視聴者の視点で考えて、意見を言う。芸術家に対するパトロンのように、「芸に惚れた。好きに使え」とお金を出してくれるような人は、現代の日本にはほとんどいない。いたとしても、愛人契約みたいな話だろう。テレビ番組を作る以上、スポンサーが関わってくる。スポンサーは、視聴率という数字に対して、お金を出す。ライブだって動員が少なければつづけられなくなるが、テレビはそれ以上に数字がものを言う。高い視聴率を出せば、王様のように扱われる。好きなことをやりたかったら、結果を出すしかない。

けれど、番組でのコント収録をつまらなく感じてしまうのは、それだけが原因ではないと思う。

オーディション番組で勝てたら、大きな喜びと興奮を感じられるだろうと考えていた。父が泣いているのを見た時には嬉しいと感じたし、中嶋と野島が喜んでいる姿には心の底から「良かった」と思えたし、ナカノシマと一緒に頑張ってくれた鹿島ちゃんにも感謝した。だが、喜びも興奮もなかった。熱で意識が朦朧としていたせいではない。何日経っても、自分自身に関する喜びは湧いてこないままだった。

勝利を確信した瞬間に、世界が二つに割れたような感覚がした。

数秒前の僕にとって夢や憧れだったことは、その瞬間に現実になった。

生きている実感は、いつも夢の中にあった。

アパートの前に着くと、階段にフィリピン人の女の子が座っていた。

「こんばんは」

いつもは顔を合わせても何も言わないが、驚いたせいで、思わず挨拶をしてしまった。

フィリピン人というのは、本人に聞いたわけではなくて、管理会社のおじさんが教えてくれた。偽名なのか本名なのかフィリピンパブでの源氏名なのか、彼女の名前はマリアというらしい。マリアは五年前に日本に来て、フィリピンパブで働きはじめた。店で知り合った日本人と結婚の話が進んでいたが、相手には実は妻子がいた。結婚資金と言われ、マリアは男に金を渡した。もちろん、返ってこなかった。金がなくなり、前のアパートを追い出され、ここへ引っ越してきた。管理会社のおじさんは「かわいそうな子なんだよ」と話していた。かわいそうと思われるための作り話なんじゃないかという気がしたけれど、僕には関係のないことだ。アパートの住人全員の苦労話を聞いていたら、息苦しくなって倒れてしまう。ボロアパートなんて言葉では済まないくらい、ボロい。近所の小学生には、廃屋とか幽霊屋敷とか言われているらしい。このアパートに住む事情は、外国人だからというだけではないだろう。

「こんばんは」マリアは、僕の顔を見て言う。

目が大きくて、肌は浅黒くて、かわいい顔をしている。タイプではないけれど、やっている真っ最中の声を聞いて、色々と想像してしまったことも一度や二度ではない。目が合うと、ドキッとした。

「どうしたんですか？」

「部屋に入れません」

「鍵、ないんですか？」

「あります」

「入ればいいじゃないですか」

「彼に追い出された」

いちゃつく声ややっている真っ最中の声以外に、激しいけんかの声が聞こえることもあった。相手の男は、後ろ姿しか見たことがないが、日本人ではないと思う。背が高くて肩幅も広い、異様とも思えるほど体格のいい男だ。髪の色は、金に近い茶色だった。マリアの悲鳴が聞こえることもあったけれど、プレイなのだろうと考え、聞こえなかったことにした。隣同士で住んでいる三年くらいの間に、マリアの彼氏は何人も見た。まともに見える男はいない。マリアを騙《だま》していそうか、マリアに騙されていそうかのどちらかだ。今の男は、前者に入る。彼女を殴った上で、金を取ったりしているのだろう。僕の見た感じとして、そういう男がマリアは好きだ。そういう男と付き合っている時には、隣の部屋から聞こえる声が大きくなる。

「中野さんの部屋、入れてください」マリアは、下を向く。

「えっ？」

「中野さん、テレビに出てる？」

「ああ、うん」

管理会社のおじさんは僕にマリアのことを話したように、マリアに僕のことを話したのだろう。表札も出していないし、それ以外で名前を知る方法はない。

「部屋に入れてくれませんか？」

「えっと、なんで？」

「ワタシの部屋、入れない。寒い」

熱帯夜だろうと思えるくらい暑い。寒いはずがないと思うけれど、マリアが着ているのはノースリーブのワンピース一枚だけだ。何時間も外にいて、体が冷えているのかもしれない。だからと言って、僕の部屋には上げられない。

「交番とかに行けば？」

「それは、無理」下を向いたまま、首を大きく横に振る。

暴力を振るう彼氏のことを警察に話したくない以上に、外国人だからというのもあるのだろう。このアパートに住んでいるため、僕も近所を歩いている時に何度か、警察官にパスポートの提示を求められたことがある。二階に住んでいた中国人の男が警察から逃げようとして、捕まったところも見た。彼は、その後すぐにアパートからいなくなった。国に帰ったのかどうかは、管理会社のおじさんも教えてくれなかった。

「友達は、近くに住んでないの？」

「いない」

「僕の部屋は、無理だよ」

「どうして？」

「僕は男だし、テレビに出てるし」

週刊誌のカメラマンがそこら辺にいるとは思えないけれど、用心した方がいい。誰にどこから見られていて、どんな写真を撮られるか、わからない。

「テレビに出てるなら、お金たくさんあるでしょ。お金くれたら、ワタシ、サービスする」

「うーん」

ずっと彼女がいないし、風俗にも行かないから、もう何年も女の子と手も繋いでいない。金を払ってでも、やりたい気持ちはある。マリアが相手というのは、風俗に行くよりも気が楽だし、安く済むだろう。やっちゃってもいいんじゃないの？　と、悪魔の囁《ささや》く声が聞こえるけれど、やってはいけない。

このアパートに住む間に、多くの外国人を見てきた。日本ではまだ、彼らや彼女達は差別される存在だ。島国の日本では、どうしても珍しく感じてしまう。留学生が日本の学生以上に真面目に勉強していることを僕は知っているし、マリアみたいな女の子の苦労も知っている。だから、外国人という理由で、差別する気はない。だが、彼らや彼女達の抱える貧しさやトラブルには、巻きこまれたくない。それとこれとは、別問題というやつだ。

マリアと僕がやれば、その声はマリアの部屋にいる彼氏に聞こえる。そしたら、あの体格のいい男に何をされるのかは、だいたい想像がつく。それに、僕の部屋にはゴムがないし、マリアは何も持っていない。生でやってもいいとか平然と言いそうだけれど、その後にガッツリ金を取られるだろう。彼に追い出されたというのは嘘で、僕がテレビに出て金を持っていることを知って、待っていたのかもしれない。ノースリーブで寒そうにしていたら同情してくれるという作戦に思えてきた。

「いっぱい、サービスする」マリアは立ち上がり、僕の前に立つ。

「そういうのは、いいから」

「中野さん、いつもマリアのこと見てるでしょ？」手を握ってくる。

「見てないよ」

「でも、いつも声を聞いてる」

「それは……」

上目遣いで見られ、理性が負けそうになる。ワンピースの胸元は大きく開いていて、あふれ出そうなほど大きな胸が見えていた。

金はあるんだし、僕はもうすぐ引っ越すのだから、最後の思い出としてやってもいいように思えてきた。何か問題が起きたら、警察に行けばいい。そうすれば、マリアも彼氏も何も言えなくなる。ただ、僕自身も、警察沙汰《ざた》は困る。

どうしようか迷っていたら、マリアの部屋のドアが開いた。

彼氏が出てきて、マリアは放り投げるように、僕の手を放す。嬉しそうな顔で、彼氏に駆け寄っていく。

「中野さん、芸能人だから握手してもらった」マリアは彼氏に言う。

疑う顔で、彼氏は僕を見たけれど、何も言わずに二人で部屋に入っていった。

僕も、自分の部屋に入る。

壁の向こうからは、早速始めたのか、声が聞こえる。マリアは、いつも以上に大きな声を上げていた。

二階の留学生が起きたみたいで、寂しそうに歌う声も聞こえた。

窓の外は、まだ暗い。

こんなアパート、芸能人である僕がいつまでもいるべきではない。

一日も早く出よう。


取材を受けるため、久しぶりに事務所に来た。

三月までは毎日のように来て、稽古をしたり、先輩や後輩や社長と話したりしていた。四月以降も取材やスケジュールの確認でたまに来ることはあったが、ほんの数分寄る程度だった。今日は午前中に情報番組のロケがあり、それが予定より早く終わったため、あき時間ができた。用事を済ませられるほどの時間はなかったので、事務所で待つことにした。

社長は出かけているみたいで、事務員さんしかいない。

メリーランドが会議室で稽古していないか見てみたけれど、空室という札がかかっていた。

応接セットのソファーに座り、事務所の中を見回す。

久しぶりに見ると、汚い。

掃除好きの鹿島ちゃんは事務員だった頃、常に床を磨いたり、棚を整理したりしていた。去年の春からマネージャーになり、掃除する時間がなくなった。他の事務員さんは、汚れていても気にしない。だが、この汚さは、それだけが原因ではないだろう。

建物が古くて、どうしても取れないような汚れが染みついている。棚や机や応接セットも何年も買い替えていない。アンティーク風と言ったらお洒落だけれど、ただ古くて汚いだけだ。

毎日のように来ていた頃は気にならなかったことが、今日は妙に気になる。

ここも、僕達がいるべきところではない。

レギュラー番組を持ち、売れている芸人になろうとしている僕達に、相応しい事務所が他にある。弱小と言われて、貧しさが染みついている事務所なんて、辞めた方がいい。しかし、事務所というのは簡単に辞められるものではない。辞める時に揉めて、仕事を失った人がたくさんいる。南部芸能にそんな力はないが、揉めごとは避けた方がいい。それに、南部芸能自体が嫌なわけではない。

僕達が稼いで、事務所を移転すればいい。

そうすれば、事務所を辞めず、揉めごとも起こさず、ナカノシマに相応しい事務所を作れる。

「俺さ、彼女ができるかも」正面に座る野島が言う。

「誰？」僕の隣に座る中嶋が聞く。

「特番でグラビアアイドルの子が、デブ専なんで野島さんのこと好きなんですって、言ってたじゃん」

「テレビ用だろ」僕が言う。

ナカノシマは三人とも、見た目があまり良くないし、女の子に気軽に連絡先を聞いたりできない。安全牌《パイ》と思われているのか、出演者の中で誰が好きというアンケートで、僕達を選ぶアイドルがたまにいる。

「そう思ったんだけど、そうじゃなかったんだよ」

「どういうこと？」

「収録の日は何もなかったんだけど、次の日の夜にSNSのアカウントにメッセージが届いて、それから何度かやりとりして、昨日の夜に飲みに行った」

「昨日って、深夜まで収録だったじゃん」

「正確には今日だな。遅くなっても待ってますって言ってくれて、収録の後に会って、朝まで一緒にいた」

僕がマリアに絡まれていた頃、野島はグラビアアイドルと会っていたということだ。

「それで？」

「帰る時に、また会ってくれますか？　って言われた。あと二回も会えば、付き合うことになるんじゃないかな」

「ドッキリじゃない？」興味なさそうに聞いていた中嶋が言う。

「それだ！　ドッキリだ！」僕は、笑ってしまう。「それか、週刊誌のハニートラップっていうやつじゃないの？」

「えっ？」そういう可能性を考えてもいなかったのか、野島は表情を曇らせる。「いや、そんなことないって。彼女は真剣に俺を好きなんだって」

「いや、いや、いや」僕と中嶋は、声を合わせる。

「……キスもしたし」

「へえ」つまらない話に戻ってしまった。

「その先もやれそうだったけど、それはちょっと違うっていうか、準備してなかったというか」

「ああ、そう」

ドッキリだったら、キスはしないだろう。ハニートラップだって、キスをする必要はない。

「津田ちゃんは、もういいの？」中嶋が聞く。

「いいよ。なんか、津田ちゃんを追いかけるっていうのは、もう違う感じがする。友達として好きだけど、俺がタレントとしてやっていくことを考えたら、彼女は相応しくない」

野島は、途中で鹿島ちゃんに気持ちが移ったりもしたが、初めて会った時からずっと八年間も津田ちゃんが好きだった。鹿島ちゃんを好きな間も、津田ちゃんのことを想いつづけていたのだと思う。夢だったことが現実になり、津田ちゃんを想う気持ちが現実的ではないとわかったのだろう。

「お疲れさまです」鹿島ちゃんが事務所に入ってくる。

「お疲れ」三人で声を揃える。

「すぐに準備するんで、待っていてくださいね」

鹿島ちゃんの後ろに出版社の人とカメラマンがつづく。会議室に入っていき、取材のセッティングを始める。

オーディション番組で勝者になった直後は、一日に何件もの取材を受けた。その後も、たまにこうして、取材が入る。芸人の仕事について話す時もあれば、プライベートについて話す時もある。ファッション誌に載ったことだってある。

取材の前はいつも、僕から僕が抜けていくのを感じる。

交替するように、取材用の僕が僕の中へ入ってくる。

本音ではなくて、読者層を考えて答える。


取材を終えて会議室から出たら、新城が来ていた。

応接セットのソファーに一人で座り、台本を読んでいる。

メリーランドもオーディション番組に出て、決勝まで残った。敗退しても仕事の依頼はあるんじゃないかと思ったが、うまくいっていないようだ。大学を卒業して、バイトばかりの生活になり、新城は落ちこんでいると鹿島ちゃんから聞いていた。三年前に、新城が研修生になってからオーディション番組が始まるまで、ライブや稽古の終わりにしょっちゅうラーメンを食べにいったり、飲みに行ったりしていた。僕が辞めた後で、映画館のバイトを紹介した。チケット売場でじっとしているのは、新城には合わないだろう。オーディション番組に出ている頃は、嫉妬心が邪魔して、うまく接することができなくなってしまったが、落ちこんでいると聞き、心配だった。落ち着いたら、飲みに誘うつもりだった。

しかし、心配する必要はなかったようだ。

何があったのか、前と雰囲気が変わった。

新城は、もともと顔はいい方だ。でも、大学生の中ではかっこいいという程度だった。それが芸能人っぽくなっている。南部芸能の月一ライブと他の事務所のライブにゲスト出演するぐらいしか、仕事はしていないはずだ。

「ああっ！　お疲れさまです！」嬉しそうに表情を輝かせて、新城は僕達に駆け寄ってくる。

「お前、なんか、顔が変わったな」野島が言う。

「身長、伸びた？」中嶋が言う。

「変わってませんよ。身長も伸びてません」新城は、不服そうにする。

「整形した？」

「してません」

「二重にした？」

「元からです」

「ええっ、変わったよ」

中嶋と野島は、少し離れて新城を見る。

僕も、新城を見る。

明らかに違うと感じるのに、どこがどう変わったのかは、わからない。顔色がいいとか、髪が伸びたとか、そのくらいの違いしかないように見えた。

よくわからない何かを言葉にするとしたら、オーラだ。

明るくキラキラした空気に、新城はいつも包まれている。そのキラキラが増した。特番で会った主演級の役者やアイドルに近いものを感じる。

「見送りに行ってくるので、ちょっと待っていてください」鹿島ちゃんが会議室から、片づけを終えた出版社の人とカメラマンと出てくる。

「お疲れさまです。またよろしくお願いします」三人並んで、挨拶をする。

「ちょっとトイレ行ってくる」

「俺も」

中嶋が廊下に出ていき、野島も後を追う。

僕は、応接セットのソファーに座って待つ。

新城も、僕の正面に座り、テーブルに広げた台本を片付ける。

「古淵さんから、メールありました？」新城が言う。

「ああ、うん」

「寂しいですよね」

「何が?」

「あれ? 聞いてないんですか?」顔を上げて、僕を見る。

「話があるっていうのはメールに書いてあったけど、忙しくて返信できなくて」

「そうなんですね」

「悪いとは思っても、時間が取れなかったんだよ」まっすぐに新城に見られて、言い訳するような気持ちになった。

「古淵さん、異動になったんですよ」

「どこに?」

「大阪です」

「えっ?」

系列の映画館は、都内とその周辺にしかなかったはずだ。

「新しく大阪に映画館ができて、古淵さんはそこの副支配人になったんです。関西初で力入ってるところだし、栄転っていうやつなんでしょうけど、仲良くしてもらってたから寂しいです」

「大阪には、いつ行くの？」

「来週には、行っちゃいますよ。九月からっていう話だったんですけど、準備があるから八月中に行くってことになって」

「そう」

「転勤をきっかけに、婚約もしたし、新しい環境の大変さはあっても、人生は順調って感じですよね」

「はあっ？　古淵さん、彼氏いたの？」思わず、立ち上がる。

「はい。学生の頃から付き合ってる彼氏がいます」

「そうなんだ」座り直す。

「音楽関係の仕事をしてるらしいです。彼氏が映画を見にきた時に紹介してもらいましたけど、かっこ良かったですよ。離れ離れになるし、別れる覚悟で古淵さんが転勤の話をしたら、逆にプロポーズしてくれたんですって。古淵さんからハートが飛んでいるのが見えるくらい、嬉しそうにしていました」

「へえ」全身から力が抜けていく。

古淵さんは、僕に何を話したかったのだろう。友人として、転勤と結婚の報告をしたかっただけなのだろうか。そんなことはないという気がする。二人で飲みに行った時、彼女は僕に恋人の存在を明かさなかった。新城に彼氏を紹介したということは、アルバイトに対して恋愛の話をしないと決めていたわけではない。長く付き合っている恋人がいても、僕に対する気持ちが全くなかったわけではないと思う。

知りたくても、確かめなくていいことだ。

東京で芸人をつづける僕と大阪の映画館に勤めることになった古淵さんは、実際の距離以上に遠く離れている。

窓から強い光が射す。

セミが鳴く。

夏場は、外で体育をやらなかった。

それなのに、走り幅跳びをやったのは、夏だったという気がする。

白く輝くグラウンドが頭の中に広がる。

跳ぶと決めたら、思い切りよく踏切らなくてはいけない。

踏切った瞬間に、全てを断ち切る。

もう戻れない。

前だけ見て、より遠くへ跳ぶんだ。

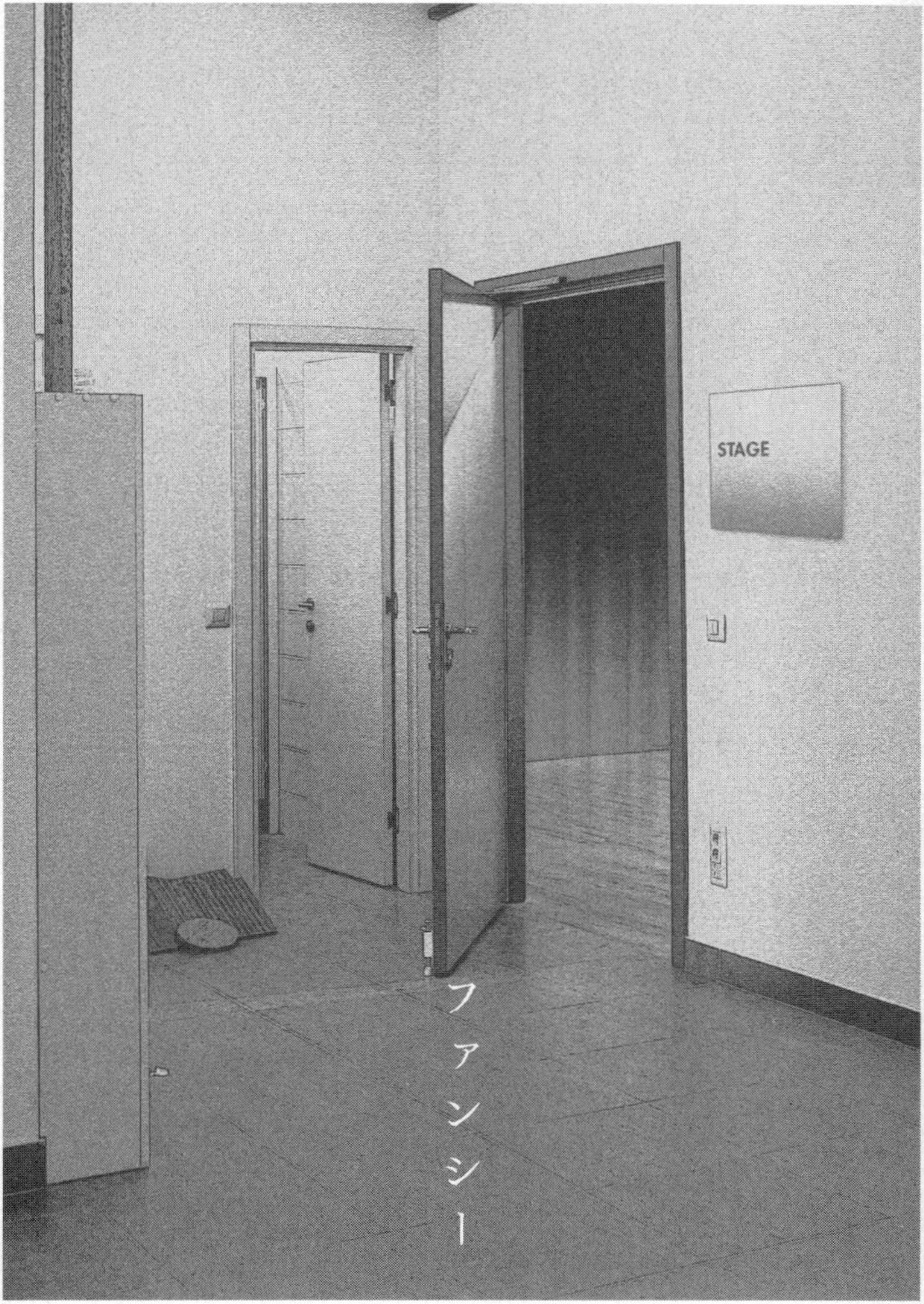

ファンシー

煮魚定食にしようと決めてきたのに、メニューを目の前にすると、悩んでしまう。さんまの焼き魚定食が期間限定で出ているし、今日のハンバーグは和風おろしだし、A定食の麻婆豆腐《マーボーどうふ》も食べたい。今日はこの後、ごはんを食べる時間を取れないかもしれないから、お腹いっぱい食べておいた方がいい。そう考えると肉系で、B定食の豚のしょうが焼きもいいように思える。ラーメンと半炒飯《チャーハン》の炭水化物系でもたせるのもありだ。ジャンバラヤも気になる。オムライスやナポリタンにも惹かれる。

テレビ局の食堂は、メニューが多すぎて迷う。

お寿司やお蕎麦《そば》やタイカレーもあるし、ファミレス以上になんでも揃っている。

入口の前でメニューを見ながら、悩みつづける。

休憩が終わるよりも前に戻るために、早く決めなくてはいけない。

時間を無駄にしないようにしようと思って、決めてきたのだけれど、煮魚定食は候補にも残っていない感じだ。魚ならば、今が旬のさんまにしたい。だが、焼き魚定食で夜中までもつのだろうか。小鉢をプラスすると、予算オーバーになる。

担当する芸人はどういう計算なのかわからないくらい高いギャラをもらっているのに、マネージャーであるわたしの給料はとても安い。来年の春までに一人暮らしを始める予定なので、お金は貯めておきたい。贅沢しないために、局内の食堂でごはんを済ませることにしたのだから、できるだけ低予算でおさえなくてはいけない。低予算でおなかいっぱいになることを優先させるならば、炭水化物系がいい。しかし、栄養バランスも考えなくては、体力がつづかなくなる。オムライスとサラダならば、予算内だし、バランスとして問題ないだろう。でもそれは、自分の好きなものを食べるための言い訳にも思える。

「鹿島さん、何してんの？」

後ろから声をかけられて振り返ると、インターバルの榎戸さんがいた。眠そうな顔をしている。収録ではなくて打ち合わせに来たのか、うっすらと髭《ひげ》が生えたままだ。

「こんにちは」

「どれだけメニュー見てんだよ」

「決められなくて」

「ふうん」

榎戸さんはわたしの横に立ち、メニューを見る。

「もう決まったので、失礼します」

「待てって。一緒に食べよう」メニューを見ているまま言う。

「……あの、その、だからですね」

「局内でメシ食うぐらい、問題ないだろ」

「うーん、どうでしょう？」

「長嶋《ながしま》？」榎戸さんは顔を上げて、わたしを見る。

「はい？」

「今の、どうでしょう？　っていうやつ、長嶋茂雄《しげお》のマネ？」

「違います」

長嶋茂雄と言われても、二年半前のわたしにはわからなかったが、今はわかる。バラエティ番組を見るうちに、よくマネされる元野球選手だと憶《おぼ》えた。

榎戸さんは、食堂に入っていく。

「何、食うの？」自分の食券を買って、わたしの方を見る。

「下に行きます」

二階に、もう一つ食堂がある。打ち合わせに使う人が多くて、いつ行っても混んでいるから苦手なのだが、ここで榎戸さんとごはんを食べるよりいい。テレビ局内ならば、南部芸能事務所のマネージャーのわたしと業界最大手の事務所に所属する芸人の榎戸さんが二人でいても問題ないとは思うけれど、一緒に食べたくない。

去年のクリスマスより少し前にうちの近くのシネコンで偶然に会って以来、仕事の現場で榎戸さんと会うと、必ず話すようになった。話す芸人さんは他にもいるし、榎戸さんの相方の佐倉君とは飲みに行ったり、遊びにいったりしたこともある。担当しているナカノシマの三人と仕事の後でごはんに行き、そこで他の事務所の芸人さんやタレントさんと会ったら、そのまま一緒にごはんを食べる。意識して断る方がおかしいとわかっているが、どうしても嫌だ。

「じゃあ、おれも下に行く」

「食券、買っちゃってるじゃないですか」

「これくらい、どうでもいい」

「榎戸さんが下に行くなら、わたしはこっちで食べます」

「なぜ、そんなに避ける？」

「……うーん」

嫌なのは、嫌いだからではない。

苦手に感じてしまう人はどうしてもいる。そういう人に話しかけられた場合は、適当に愛想良く話して、逃げる。マネージャーという仕事上、好き嫌いを態度に出すべきではない。南部芸能の事務バイトだった頃にテネシー師匠に鍛えられたため、セクハラも笑って聞き流せる。誰との付き合いが仕事に繋がるかわからないから、好印象を残しておいた方がいい。ナカノシマはインターバルとの仕事も多いし、今後も一緒に仕事をする機会はたくさんあるだろう。親しくしておくべきだ。そう思っても、榎戸さんと向かい合うと、他の人と同じように接することができなくなる。

「時間ないんだろ？」

「はい」

ナカノシマの収録に来て、休憩時間に少し抜けさせてもらっただけだ。

「奢ってやるから」

「そういうお金で釣るみたいな態度は、ちょっと……」

「調子に乗ってんなよ」

「乗ってません」

一緒に食べると言うまで、榎戸さんはわたしを帰らせてくれないだろう。こういうやり取りをいつまでもつづけるより、さっさと食べて、ナカノシマの楽屋に戻った方がいい。電話がかかってきたフリをして逃げようかとも思ったけれど、嘘だとばれそうだ。

「どうすんの？」

「……オムライスにします」

「わかった」

食券を買ってカウンターの方へ行く榎戸さんに、わたしもついていく。

オムライスを受け取り、席につく。

榎戸さんは、さんまの焼き魚定食をテーブルに置き、わたしの正面に座る。

ここの食堂は、テレビ局の六階にあり、一般の人も入れる。局員や関係者は、今の時間はあまりいない。テレビ局の見学や一階のオフィシャルショップにグッズを買いにきた観光客が何組かいる。もうすぐ陽が沈むような時間だが、ごはんよりも番組とコラボしたスイーツを食べてお茶を飲んでいる人が多い。

大きな窓からは、夕陽に染まっていく東京の町が一望できる。

正面には、東京タワーが見えた。

「夕ごはん？」さんまを食べながら、榎戸さんが言う。

「昼ごはん兼夕ごはんです」午前中から収録があったので、お昼を食べる時間がとれなかった。

「マネージャーって、大変だな」

「そんなことないです」

マネージャーの仕事は忙しいが、芸人さんやタレントさんに比べたら、大変なんて言えるレベルではない。

ナカノシマは春にレギュラー番組を持ってから、順調に仕事をもらえていて、寝る時間もないほど働いている。地方での営業もあるため、早朝から北海道で旅番組のロケをして、お昼には大阪でライブにゲスト出演して、午後は福岡で営業があり、移動中にネタの打ち合わせをして、夜には東京で事務所のライブに出るという日もある。わたしはその全てに同行しなくていい。交通費の問題もあり、同行したくてもできない。

休憩の間、中嶋さんと中野さんはお弁当を食べて、寝ている。野島さんはこの後に収録するコントの衣装の確認があるので、眠れずにいる。誰かに合わせて起きていると誰も眠れなくなってしまうので、ほんの数分でも、休める時があれば眠るというのがルールになっている。邪魔しないようにするために、楽屋を出てきた。

「おれは、南部芸能の芸人じゃないから、愚痴ぐらい言ってもいいんだぞ」

「本当に大丈夫です。榎戸さんの方こそ、大変じゃないんですか？」

インターバルはナカノシマよりもずっと売れている。テレビで見ない日はない。合間には事務所の劇場のライブにも出ているし、年末には単独ライブをやる。単独ライブのチケットは先週末に発売されて、五分もかからずに完売したらしい。

「大変だよ、大変。ちょー大変」

「大変そうに聞こえません」

「忙しいけど、それを考える時間もない」

「そうですよね」

あまりにも忙しいと、何も感じられなくなる。自分のことを考えられなくなり、感覚が狂っていく。

「さんまとか季節のものを食べると、ちょっと落ち着く」榎戸さんは頭と骨だけ残して、キレイにさんまを食べる。

漫才では榎戸さんはツッコミだけれど、トーク番組や他のバラエティ番組ではボケに回る。子供っぽくって人間関係が苦手で、仕事に集中しすぎるため、私生活が崩壊していると言われていた。わたしといる時の榎戸さんは、そんなことはない。育ちが良くて、しっかりした人に見える。社会人になってもまだオムライスやナポリタンが好きなわたしよりも、ずっと大人だ。

二人でごはんを食べていると、お父さんといるような感じがしてくる。

何も話さなくても、落ち着いていられる。

だから、嫌なんだ。


収録は明け方までかかりそうだったから、途中で抜けさせてもらった。事務所に行き、溜《た》まった事務仕事を進めるうちに、終電がなくなった。始発が出るまで働こうかと思ったが、明日は早朝ロケに同行するので少しでも眠るために、タクシーで帰ってきた。だが、タクシー代は出ない。走ってでも、終電に乗るべきだった。節約を心がけているのに、すぐに無駄遣いしてしまう。

できるだけ音を立てないようにして、家のドアを開ける。

電気はつけずに、靴を脱ぐ。

しかし、お父さんがリビングから出てきて、廊下の電気がついた。

「おかえり」

「ただいま。起きてたの？」

「瑞希《みずき》もさっき帰ってきたから」

「そうなんだ」

大学三年生になった妹の瑞希は、夜遅くまで遊び歩いている。彼氏や友達の家に泊まることも多い。お父さんは、わたしよりも瑞希が心配で眠れなかったのだろう。

「お母さんは、もう寝てる」

「そう」

「お腹すいてないか？」

「大丈夫」

仕事をしながら、お菓子を食べた。

バランス良く食べよう、贅沢しないようにしようと思っても、全然守れない。

「カステラ、あるぞ」

「いらない」

「風呂は？」

「明日にする。もう眠りたい」

「そうか。明日は、何時から仕事なんだ？」

「六時前には出る」

シャワーを浴びる時間を考えると、三時間しか眠れない。

「早く寝なさい」

「うん」

「おやすみ」

「おやすみなさい」お父さんに言い、洗面所へ行く。

顔を洗って歯を磨いてから二階に上がり、自分の部屋に入る。

ベッドに倒れこみたいところだけれど、我慢して、パジャマに着替える。脱いだ服は部屋の隅に積んでおく。一階の洗面所に置いてある洗濯カゴに入れにいく気力がなかった。カバンからスマホを出し、緊急の連絡が入っていないことを確かめて、ベッドに入る。

すごく眠いのに、眠れない。

電気を消して真っ暗にしても、光に照らされているように感じる。朝からずっとテレビ局にいて、コントやトークコーナーの収録を見ていたため、頭の中に照明の光やカラフルな衣装が映像として残っている。体は疲れていても、頭が冴《さ》えていた。お風呂に入ってリラックスした方が眠れるかもしれない。でも、お父さんももう寝ただろう。物音を立てたら、お母さんや瑞希も起きてしまう。ベッドの中で目をつぶったまま、呼吸を整える。

大学三年生になる前の春から南部芸能で事務のバイトをはじめて一年が経った頃、社長から「大学卒業後は、社員にならない？」と、聞かれた。芸能事務所の仕事は自分に合っているように思えたし、会社の環境もいい。小さな事務所なので、社長と社員の距離が近くて、芸人さんやタレントさんも仲がいい。甘く見える社長が実は厳しい人であることを全員が知っているので、良い緊張感もある。社員になりたいという気持ちはあったけれど、それで決めていいと思えなかった。就職氷河期を脱したと言われていても、厳しい状況はつづいている。就活から逃げたいという気持ちがあった。将来を考え、エントリーシートを書き、面接を受け、自分と向き合うのも怖かった。一年間、アルバイトとしてマネージャー業務をやりながら先のことを考えると社長と約束した。

ナカノシマとメリーランドの二組を担当して、一年間のオーディション番組を戦い抜いた。その間に二組とも、他の仕事も入るようになり、わたしも忙しくなった。ゼミに出て卒論も書かなくてはいけなくて、マネージャー業と学業の両立で必死になっているうちに、自分自身について考える時間がなくなった。何も考えられず、やるべきことをやるだけで、毎日は過ぎていく。卒論の提出が終わり、年が明けてすぐに社長から「どうするの？」と、聞かれた。オーディション番組の決勝にナカノシマとメリーランドが出演することが決まっていて、「辞めたい」と言ったら、二組を見捨てることになると感じた。自分がいたから彼らが決勝まで進めたとは思わないけれど、一年間常に彼らの近くにいて、どうしたら勝てるのか一緒に考えてきた。この先どうなっていくのかも、近くで見たかった。「春からは、社員として働かせてください」と、社長にお願いした。

その時は、自分の選択を正しいと思ったけれど、間違っていたのかもしれない。忙しくて、給料が安いからって、仕事に不満があるわけではない。

休みの日だって、夜中だって、担当する芸人に何かあれば電話がかかってきて、出ないといけなくなる。現場に行かなくていい日でも、打ち合わせのための資料の確認やスケジュールの調整やその他の事務仕事がある。一日に何通もメールが届き、何件も電話がかかってくるため、いつもスマホを気にしていなくてはいけない。社員になってからは、メリーランドが外れて、ナカノシマと他の二組の合計三組を担当するようになった。三組とも忙しいので、仕事が尽きることはない。

社員になると決める前からわかっていたことだから、どれだけ大変でも、辛いと感じることはない。大変で辛いからこそ、大きな喜びもある。オーディション番組でナカノシマが勝った時は、本当に嬉しかった。金色の紙吹雪が舞う中で、自分の担当する芸人が祝福されているのは、感動的な光景だった。

間違っていたと感じるのは、自分の意思のなさだ。

お父さんとお母さんが望むように私立の女子中学校とエスカレーター式で進める高校に入り、周りの友達がみんな外部受験するから内部進学できる女子大とは違う大学に入り、アルバイトしていた会社でそのまま社員になった。南部芸能でバイトをすることは自分の意思で選んだ気がしていたが、友達である新城に誘われて、好きだった溝口がいたからバイトをしようと思っただけだ。自分一人で探して、自分一人で決めたわけではない。花柄やフルーツ柄の小物を揃えた部屋は、自分の好きなもので作りあげたように思っていたけれど、アンティーク好きのお母さんの趣味に影響されただけだ。

両親の喜ぶ顔や友達と合わせることに正しさを感じ、これでいいと思ってきた。

でも、それでは、いけなかったんじゃないかと思う。

マネージャーとして意見を言うこともあるが、あくまでも仕事の中心にいるのは芸人だ。基本的には、彼らの意思や上司の指示に合わせて、わたしは動く。ベテランのマネージャーの中には、芸人さんやタレントさんをプロデュースするという感じで、強い発言権を持っている人もいる。わたしには、そこまでの力はない。何年も働いて、もっと仕事ができるようになれば、こんな風に悩まなくなるのだろうか。

帰りが遅い日がほとんどだし、朝は早くに出なくてはいけないので、一人暮らしをすると決めた。来年の春までに引っ越すと、両親にも話した。お父さんには「知り合いに部屋を紹介してもらう」と、言われた。お母さんは何も言わなかったけれど、家具や台所用品を用意しようと考えているだろう。

両親には悪いと思うが、自分で部屋を探し、自分で家具も台所用品も全てを揃えるんだ。

わたしは、わたしの人生に向き合わなくてはいけない。

初めての現場や特番の収録、発言を確認しなくてはいけない取材には、できるだけ同行するようにしている。レギュラー番組の収録や何度も出演しているロケ番組には、いつも行くわけではなくても、定期的に顔を出してスタッフさんに挨拶をする。マネージャーになってまだ一年半しか経っていなくて、わからないことばかりなので、できるだけ現場に行ってたくさんの人に話を聞く。三組担当していると、都内のテレビ局や劇場を移動しつづけるうちに、一日が終わる。

今日は早朝ロケに同行した後で、ナカノシマの取材に同席するために、事務所に来た。

会議室にライターさんやカメラマンさんを案内して、お茶を淹れて、ナカノシマの三人が並ぶ横に座り、発言を聞いておく。

人というのは簡単に変われないものだと思っていたけれど、レギュラー番組を持ってから、ナカノシマは変わった。中嶋さんはあまり変わっていないが、中野さんと野島さんは表情から違う。自信に満ち溢れていて、前より動作も声も大きくなった。あまり寝ていなくて気分が高揚しているというのもあるのか、二人ともよく喋る。オーディション番組の勝利が決まったばかりの頃は、ライターさんに対して、遠慮がちに喋っていた。取材を受けることに照れがあるように見えた。写真を撮られるのも慣れていなくて、恥ずかしそうだった。人気が出て、たくさんの番組に出て、取材もたくさん受けるようになり、変わってきた。

いいことだと思っていたが、ちょっとマズいかもしれない。

野島さんは高級腕時計をして、グラビアアイドルと付き合っている。中野さんも腕時計を買うことを考えているようだ。私生活に口を出す気はないし、何を買ってもいいのだけれど、二人とも息苦しそうに見える。突然出た人気やたくさん入ってきたお金に、冷静さを失っている。中嶋さんは冷静で、取材にも一つ一つ丁寧に答える。服装が変わったように見えるのは、奥さんの千夏さんに選んでもらっているからで、お金が入ったこととは関係ない。前はよれよれのチェックのシャツやTシャツを着ていたが、最近はパーカとかニットとか、カジュアル系のブランドの服をうまく着こなしている。

どちらに合わせるのがいいのだろう。

欲しいものがたくさんあり、どんな仕事もやる！　という中野さんと野島さんの気持ちが、ナカノシマの人気が出た理由のうちの一つだ。三人で仲良くて、ゲームして漫画読んでいるのが幸せというままでは、ここまで来られなかっただろう。立ち止まらずに進んでいくしかない時だし、大きな問題を起こさない限り、二人の好きなようにやらせた方がいいとは思う。でも、崖に向かって、突っ走っているようにも見える。南部芸能に所属していたスパイラルは、人気が出て突っ走った先で長沼さんが心身ともに崩して、解散した。ナカノシマと同期の津田さんは、女性芸人の中で一番人気があるが、いつも辛そうにしている。

マネージャーとして、中野さんと野島さんに言うべきことがあると思うのに、何を言えばいいのかがわからない。

とにかく取材で余計なことを話していないか、確認だけは怠《おこた》らないようにする。腕時計のことやグラビアアイドルのことを話してしまわないように、監視する。野島さんがうっかり喋りすぎそうになると、中嶋さんがフォローしてくれるので、今のところはおかしな記事になることはなさそうだ。中嶋さんまで、高級腕時計とか買い出したら、わたしはどうしたらいいのだろう。やっぱり、合わせるべきは、中嶋さんという気がする。しかしそれは、芸能界の感覚とは違うのかもしれない。

一年間のオーディション番組は、とにかくきつかった。結果を気にして、落ち着かない毎日を過ごした。出演しているわけではないわたしでさえ、眠れなくなったり、吐き気が止まらなくなったりした。ナカノシマの三人もメリーランドの二人も、わたしの前で辛いとか苦しいとか言うことはほとんどなかったけれど、楽に戦える勝負ではなかった。新城は収録の度にお腹を壊し、中野さんは決勝の前に高い熱を出した。芸能界にいる限り、ずっと勝負がつづいていく。一つのオーディションが終われば、次のオーディションがあるし、レギュラー番組が決まっても、数字という結果と戦わなくてはいけない。普通の感覚のままでは、生きていけない。

テレビ局に行くと、どうしてそんなに威張れるのかわからないくらい偉そうな人や、常に怒っている人や、バブルの頃で時代が止まっちゃっている感じのお金があればどうにかなると考えている人がたくさんいる。ＡＤさんは、何日も家に帰れなくて、ごはんを食べられずお風呂にも入れないまま、偉そうな人達に怒られながら走り回っている。ニュースやワイドショーではパワハラやセクハラを問題視しているのに、それを作っているテレビ局には「先輩は神様」みたいな古い考えが今もある。ルールに従い、そこに感覚を合わせなければ、潰されてしまう。

「では、以上で。原稿ができたら、お送りします」ライターさんがわたしに言う。

考えごとをしてしまい、途中からちゃんと聞いていなかった。問題があれば、原稿の確認の時に言えばいいだろう。仕事に慣れてきて、こういうことが増えてしまっている。気を引き締めなければいけないと思っても、一年目と同じ緊張感は保てない。

「何日ぐらいになりますか？」

「来週中には、お送りします」

「よろしくお願いします」

会議室を出て、ライターさんとカメラマンさんをビルの一階まで見送り、事務所に戻る。

中野さんと野島さんはソファーに座り、取材でもらった雑誌を二人で読んで、冬物のコートを買う相談をしている。二人とも、前の冬は、潰れたダウンコートを着ていた。寒くなるまでに、新しいコートを買った方がいい。日付の感覚がなくて、今日が何日かも何月かも忘れそうになるけれど、十月の半ばだ。月末にハロウィンパーティーをしようと、高校の友達から連絡があったが、返事をしていない。半月も経てば、一気に寒くなる。中野さんも野島さんも、もうすぐ三十歳になるのだから、高いコートを買って、それに合う男になるという考え方もある。

これでいいんだと思っても、何か違う気がする。

社長が二人を怒ってくれないかと思うが、今日はいない。ボーイフレンドとパリに行っているらしい。

「次の仕事まで少し時間あるよね？」中野さんがわたしに聞く。

「はい」

取材の時間は長めにとっておいたので、次の仕事の入り時間まで、三十分くらい余裕がある。

「買い物、行っていい？　それで、そのまま次に行くから」

「お昼ごはん、どうするんですか？」

たまには四人だけでゆっくりランチを食べながら話した方がいいと思い、あけた時間でもあった。

「適当に食べる。行っていいよね？」

「大丈夫です」

「行こう」

カバンを持ち、中野さんと野島さんは二人で出ていく。

中嶋さんは一人で残り、応接セットのテーブルにお弁当箱を出す。

「愛妻弁当ですか？」中嶋さんの正面に座る。

「まあね」

フタを開けると、絵本の出版社に勤める千夏さんらしいかわいいキャラ弁になっていた。卵焼きはお花の形で、にんじんは星型にくり抜かれていて、おにぎりはクマのキャラクターの顔をしている。ハンバーグも入っていて、もう一つの小さなお弁当箱には果物が入っている。かわいいだけじゃなくて、栄養バランスもいい。

「最近、中野さんや野島さんとの関係は、どうですか？」

「どうって？」

「二人で買い物に行ったりしているのを、中嶋さんはどう感じているのかと思いまして」

「ああ、放っておけばいいんじゃん」

「そうですか？」

「長くはつづかないと思うから」話しながら、中嶋さんは卵焼きを食べる。

「はい」

「調子に乗る時期も大事なんだと思う。僕達は今まで、たくさんのことを我慢してきた。それから解放されたら、ああなるのも当然なんじゃないかな。僕は家族がいるから好きにお金を使えない。それに、ああなれるだけの度胸もない。自分の精神をコントロールして、壊れないようにしている」

「ああなる度胸なんて、必要ないですよ」

「そうかな？」

「はい」

「でも、芸能界はどこか壊れた世界だから、壊れてしまえる度胸は必要だって、僕は思うよ」

「それも、わかるんですけど……」

壊れながら、つづけていくしかないのだろう。マネージャーとして、中嶋さんの相談に乗りたかったのに、諭《さと》されてしまった。

「野島は、グラビアアイドルと別れた方がいいとは思うけど」

「それは、いいんじゃないですか？」

「本気で付き合ってるわけじゃないだろ。高い時計やコートが本気で欲しいわけじゃないように」

「そうなんですか？」

野島さんの彼女とは、特番の収録の時に一度だけ会った。わたしよりも背が低い小さな体の真ん中で、大きすぎる胸が揺れていた。胸の印象が強くて、顔を思い出せない。

「ずっと津田ちゃんに片想いしているよりもいいと思うよ。でも、恋人は時計やコートみたいに嫌になったら捨てるっていうわけにもいかないいんだから」

「ずっと片想いしているのは、良くないことですか？」

「長くなれば、違う感情になってしまうんじゃないかって、僕は思う」

「違う感情？」

「意地とか、執着とか、後悔したくないだけとか、自分への愛情とか。恋愛とは違うけど、僕達は結局、芸人になりたい気持ちよりも、後に引けない気持ちが強くなっていた。オーディション番組に出るようになって、芸人になりたい気持ちが強くなったけど、それまでは自分かわいさにつづけていた。諦めることや、辞めたところで何もできない自分と向き合うのが怖かった」

「それでも、うまくいったじゃないですか？」

「そうだね」

「はい」

わたしの長い片想いも、中嶋さんが言うように、違う感情になっている。それを認められず、片想いをつづけているだけだ。

「おはようございます」ドアが開き、溝口が入ってくる。

「おはよう」中嶋さんが言う。

「おはよう」わたしも言う。

「会議室、もう使える？」溝口は、わたしに聞く。

「どうぞ」

顔が熱くなるのは、恋の恥ずかしさではない。

強い執着から抜け出せない自分が恥ずかしい。

社員になると決めた時、社長に「メリーランドを担当から外してください」と、お願いした。マネージャーが誰を担当するのかは、希望を言えるようなことではないし、社長に言うようなことでもない。直属の上司に相談するべきことだ。でも、上司には言えなかった。社会人になろうとしているのに、理由が幼すぎる。怒られるかもしれないと思ったが、社長は「いいわよ」と言っただけだった。

オーディション番組で、ナカノシマよりもメリーランドが勝つことを願っていた。ナカノシマとメリーランドの担当と決まった時に、溝口への恋愛感情を捨てようと決めた。マネージャーとして応援しているという気持ちに変えられると思った。溝口がわたしを好きになることはないだろう。事務員だった時は、他の芸人さんやタレントさんと同じように見られる気がした。けれど、マネージャーとして近くにいると、溝口を特別に思う気持ちをどうしてもおさえられなくなった。

わたしと溝口は同じ大学に通い、一年生の春からカフェで一緒にアルバイトをしていた。溝口に憧れる気持ちはあっても、ほとんど話せなかった。二年生の年末に、溝口がバイトを辞めて、その時にメールを送ったのがきっかけで友達になれた。年が明けてバレンタインに告白したが、ホワイトデーの前日に正式にふられた。その直後にわたしは新城の紹介で、南部芸能でバイトをはじめた。そばにいられれば何か変わるかもしれないという期待があったのだけれど、友達のままだ。仕事と考えて接しなければいけない分、友達とも言えなくなった気がする。マネージャーとして一緒にいた間も、溝口がわたしの前で弱音を吐いたりすることはなかった。事務的に、連絡事項を伝えただけだ。新城やナカノシマの三人とは仕事以外の話もするのに、溝口とは何を話せばいいのかもわからなかった。二人きりになると、気まずくてどうしようもない。たまに自然と話せる時があっても、そう意識した瞬間に、会話が止まった。

今も、前と同じように溝口のことが好きなわけじゃない。

中嶋さんが言うように、違う感情に変わってしまった。

初恋で、長い片想いで、どうにかして実らせたいと思っている。大学の四年間、溝口に恋をすることで終わった。その時間を無駄にしたくない。好きでいつづけたことを正しいと思いたい。バレンタインに告白した時と同じ気持ちで、好きなままでいたかった。でも、それは無理なんだ。好きになってくれないことに対する恨みにも似た感情や、諦められないという強い執着がわたしの心を汚く染めていく。美しく青い果実のように思っていた恋する心は、長い年月のうちに食べられないほど醜《みにく》く腐った。そして、他の男の人を見ないでいることもできない。どうしたって、心は揺れてしまう。

わたしは、わたしの正しさが好きだった。

両親の望み通りに生きるいい子で、妹の瑞希みたいに心配かけないしっかり者のお姉ちゃんで、友達が多くて、真面目にアルバイトをして、初恋の相手をまっすぐに想いつづける。そういう濁《にご》りのない自分でいたかった。オムライスやナポリタンみたいに子供っぽいものばかり食べていないで大人になろうと思っても、子供で純粋な自分が好きなんだ。かわいいものに囲まれて、大人になっていく友達に、どうしてもついていけなかった。

社会人になって、責任のある仕事をしている。

守ってくれる家族から離れ、恋人を作り、大人にならないといけない。

その恋人は、溝口ではないんだ。

子供の頃に読んだ童話や少女漫画とは違い、初恋は実らず、忘れるものなのだろう。


「おはようございます」新城が入ってくる。

「おはよう」中嶋さんが言う。

「おはよう」わたしも言う。

「おおっ！　鹿島だ！　久しぶり」嬉しそうな顔で近づいてきて、新城はわたしの隣に座る。

「そうでもなくない？」

「最近、会ったっけ？」

「会わなかったっけ？」

「どうだろう」

二人で考える。

事務所に来た時にすれ違う程度で会っても、話すことはほとんどない。大学生の時は、新城の彼女の美沙ちゃんや友達の橋本と飲みに行ったりもしていたけれど、美沙ちゃんは就職して橋本は山形の実家に帰ったため、みんなで会うこともなくなった。たまに美沙ちゃんと電話で話すぐらいだ。橋本は六月にさくらんぼを送ってくれたのに、お礼をメールで済ませてしまった。学生の時と同じようにはいられない。無理に会おうとすれば、前と違うことを実感するようになり、友達でもいられなくなるかもしれない。新城と美沙ちゃんは、学生の時と同じようには付き合えず、別れ話もしたらしい。話し合って修復し、最近はうまくいっているようだ。

自分自身のことも恋愛のことも難しく考えないで、流れに身を任せればいいのだろう。反発せずにいれば、正しい形が見えてくる。しかし、それでは意思のない子供のままだ。

どうしたら、大人になれるのだろう。

成人したからって、大人になれるわけではない。社会人になったからって、大人になれるわけではない。選挙権があっても、お酒を飲めても、体が成長しても、わたしの心は子供のままだ。

恋人ができれば、何か変わるのだろうか。

大人になろうと焦《あせ》るのは、そのせいだとも思う。

彼氏いない歴イコール年齢というやつで、今年で二十三歳になった。キスをしたこともなければ、デートをしたこともない。雑誌のアンケート調査を見ると、同じような二十代女性は決して少なくないようだ。恋愛経験がない二十代は、増加傾向にあるとも書いてあった。けれど、わたしの周りには、わたししかいない。中学からの友達の中には、大学卒業と同時に結婚した子もいる。彼女のお腹には赤ちゃんがいて、年末に産まれる予定だ。婚約してすぐにできたのであり、できちゃった結婚ではないと言い張っていたらしい。別の友達から電話でその話を聞き、結婚よりも出産よりも、赤ちゃんができるようなことをしているんだと驚いてしまった。二十歳すぎて彼氏がいれば、みんなしていることだと思っても、わたしにはまだ考えられない。

世の中には、色々な人がいる。中卒や高卒の人もいれば、大学院に進んだり留学したりする人もいる。就職が決まらなかった友達のうちの一人は、卒業式の翌日に「自分と会ってくる」と言い、リュック一つ背負って、インドへ行った。半年経つが、まだ帰ってきていない。男の子ではなくて、女の子だ。どこかで自分と会い、元気に暮らしているんじゃないかと思う。生き方はたくさんあり、全てのことを全員が体験するわけではない。それなのに、恋愛だけは、誰もが経験しなくてはいけないことのようになっている。

三大欲求ということを考えれば、食欲や睡眠欲と同じように性欲があるのは当然のことなのだろうけれど、絶対に必要とは思えない。家族の形だって、多種多様化していて、子供を望まない夫婦だって多くなってきていると新聞の特集記事に書いてあった。繁殖に対する生物的な欲求と恋愛は、別問題という気もする。将来的には結婚して、お母さんとお父さんに孫を抱かせてあげたい。でも、それは今すぐという話ではなくて、何年後かの話だ。だから、今はまだ恋愛しなくてもいい。

そんな言い訳をしていないで、誰かと付き合えばいいのだろう。これこそ、自然の流れに身を任せればいいことで、考えることではないのだと思う。

しかし、そう思ったところで、相手がいなくてはどうしようもない。相手が誰かいないか考えると、溝口よりも先に榎戸さんの顔を思い出した。

最近の悩みの全ては、そこに集約される。

わたしは、もともとこんなに悩むタイプではない。

溝口だけを好きなままでいたら、仕事のことも恋愛のことも、何も考えずにいられただろう。自分が子供で、大人になれていないことに気がつきもしなかった。

榎戸さんといると、自分のみっともなさに気づかされる。テレビに出て活躍している彼に追いつきたいと感じる。彼に相応しい女になりたい。彼のそばで、彼を支えられるようになりたい。

でも、わたしは榎戸さんを好きにはならない。

事務所がどうとか、立場がどうとか問題はあるが、それだけが理由ではない。彼は、子供っぽいわたしをおもしろがっているだけだ。好きになったところで、同じように好きになってくれない。告白したら、友達でもいられなくなる。少女漫画ならば、長い片想いをしているヒロインに別の男の子が告白してくれたりする。別の男の子が現れたことによって長い片想いをしていた相手とくっつく場合もあるし、最初は反発していた別の男の子と最終的にはうまくいく場合もある。けれど、現実はそうはいかない。そもそも、わたしは脇役《わきやく》タイプで、ヒロインにはなれない。また、片想いを繰り返す。

長い片想いは、もう二度としたくない。

「ちょっと出てくる」中嶋さんは、食べ終えたお弁当箱を片付ける。

「はい」

「そのまま、次の現場に行くから」

「わかりました」

「じゃあ、新城、またな」

「お疲れさまです」

事務所から出ていく中嶋さんに、新城は頭を下げて挨拶をする。

千夏さんと結婚するまで、中嶋さんはあんなにしっかりした感じではなかった。わたしが南部芸能で働くよりも前に、中嶋さんは鬱病《うつびょう》になったこともあったらしい。千夏さんの支えがあって、変わったのだろう。新城も大学生の時は、もっと子供っぽかった。最近は会うたびに、男らしくなる。美沙ちゃんと別れ話をするまで揉めて、山を越えたことで、意識が変わったのだと思う。

恋をして、人は成長するんだ。

「稽古しないの？」新城に聞く。

「溝口、来てんの？」

「来てるよ」

「マジで！」

新城は焦った顔をして立ち上がり、ファスナーが開いたままになっていたリュックからスマホや財布や手帳を落とす。

「ちゃんと閉めておきなさいよ」スマホを拾って渡す。

「ごめん、ごめん」

会議室のドアが開き、溝口が顔を出す。

「新城、何してんだよ？」

「今、来たんだって」

「遅刻だろ？」

「いやいや、もうちょっと前に来てたんだけど、鹿島が話があるって言うから」

「わたし、言ってないよ」

「言ったことにしろよ！」

「言ってないもん」

「合わせてくれたっていいだろ」話しながら、財布と手帳を拾う。

「さっさと稽古しなさいよ」

「うるせえっ！」

リュックを両手で抱くように持ち、新城は会議室に入る。

こうして騒いでいると、大学生の頃と何も変わっていないように感じる。

でも、このままではいられない。

わたし達は、大人になるんだ。


町をたくさんの魔女が歩いている。カボチャやアニメのキャラクターも多い。ピンクや水色のドレスを着たお姫様もいる。

今日はまだハロウィンではないけれど、十月中は毎週末に仮装した子供達が町に溢れる。

駅ビルのエントランス前にイベント会社のテントが出ていて、事務所まで行く通りでパレードをやっていた。

歩いていく子供達を親はスマホや手の平サイズのビデオカメラで撮影している。

現場に行かなくていい日だから、事務仕事を進めるために出てきた。急いで事務所に行かなくてもいいので、撮影する親達の間に立ち、子供達を見る。

子供達は、「トリックオアトリート！」と言いながら歩き、イベント会社の人達は一緒に歩いてお菓子を配る。見物している中にも、お菓子を配っている人がいた。わたしも何かあげたかったけれど、カバンの中にはいつから入っているのかわからない飴《あめ》しかなかった。テレビ局のケータリングから一つもらい、入ったままになっていた。大学生の頃は新商品や季節限定品をチェックして、常にお菓子を持っていた。こうして人は変わっていくんだと思ったが、カバンの整理を怠っただけで、大人になったというわけではない。

お姫様の仮装をした女の子達は、お父さんやお母さんに笑顔で手を振る。魔女の仮装をした女の子達は、恥ずかしそうに下を向き、もらったお菓子を見ている。

ハロウィンは、いつからこんなに盛んになったのだろう。

わたしが子供の頃は、そういうイベントが外国にはあるらしいという程度のものだった。幼稚園児だったわたしが仮装するとしたら、魔女を選んだだろう。お姫様になりたくても、人前でそういう格好をするのは恥ずかしい。自分のキャラクターを考え、外には魔女の仮装をして行き、家でこっそりお姫様の仮装をしたと思う。妹がいるからか、幼稚園に上がるよりも前には、自分は脇役タイプだと自覚していた。地味な顔のせいかもしれないし、背が低いからかもしれない。家ではお姉ちゃんとして妹の面倒を見て、外ではみんなに遅れないでついていくのに必死になった。家族といても、友達といても、輪の中心や先頭には立てなかった。

「コスプレすんのか？」急に声をかけられて横を見たら、榎戸さんがいた。

事務所の劇場のライブに出るのだろう。髭も剃《そ》っているし、目の覚めた顔をしている。

「コスプレじゃなくて、仮装ですよ」

「どう違うんだよ？」

「……ニュアンス」

「ああ、そう。それで、仮装するのか？」

「しません」

榎戸さんは、帽子をかぶったり、眼鏡をかけたりしていない。テレビに出ている時のままだ。周りの人達が気づくんじゃないかと思ったが、子供達に夢中で誰も気にしていないようだ。

「よく会うな」

「そうですね」

「偶然がつづくなんて、運命かもな」

「そういうこと、あちこちで言ってるんですか？」

テレビに出るようになって、榎戸さんだって、グラビアアイドルに言い寄られたりしているだろう。そういう噂は聞かないが、何もないはずがない。野島さんの何倍も、もてていると思う。芸能人である彼は、輪の中心にいて、先頭に立っている。

「言わねえよ」

「口説かなくても、女の子ついてきそうですもんね」

「なんかあったのか？」

「なんでですか？」

「口調がきつい」

「すいません」

「いや、いいけど」

「すいません」もう一度謝る。

「いいって」

「はい」

「女の子ついてきたりしないし、こうして偶然会う女も他にはいない。もし会ったとしても、おもしろくないから無視する」

「そういうこと、言わないでください」

「なんで？」

「……だって」

期待してしまうからとは言えない。

偶然会うのは、生活圏が近いからというだけだ。榎戸さんの事務所の劇場は、うちの事務所の先にあり、他の芸人さんともよく会う。運命と感じるようなことではなくて、榎戸さんは冗談で言っている。わかっていても、好かれているんじゃないか、運命なんじゃないかと期待してしまう。

「疲れてんのか？」

「どうしてですか？」

「いつもみたいな元気がないから」

「そんなことないです」

「トリックオアトリートって、言って」

「えっ？」

「いいから言えって」

「……トリックオアトリート」

「はい」

肩にかけたカバンを開けて、榎戸さんは黄色い袋に入ったカステラを出す。手の平に載るサイズで、二切れ入っているようだ。

「いりません」

「カステラ、嫌いなのか？」

「嫌いではないです」

お父さんもよくカステラを買ってくる。

わたしと瑞希が子供の頃に好きだったからだ。今はもう好きじゃないと言っても、買ってきて台所に置いておく。嫌いになったわけではないので、朝ごはん代わりにわたしも瑞希も食べる。

子供の頃は好きだったはずのカステラを、もう好きじゃないと思ったのは、いつだったのだろう。

中学生になったばかりの頃だと思う。

その時に、わたしは子供ではなくなったんだ。

好きなものが変わり、体つきも変化していくのに、大人になっていくことを認められないまま、十年も経ってしまった。

「じゃあ、持っていけ」

「ありがとうございます」両手を出し、カステラをもらう。

「今日は、こうして二人でいるのはマズいですとか、言わないんだな」

「あっ、そうですね。マズいです」

「思い出したように言うなよ」

「すいません」

「鹿島さんと話すのは、なんかおもしろいよ。仕事きついけど、鹿島さんと話してると、気持ちが楽になる」

「それは、良かったです」

インターバルはナカノシマ以上に忙しいはずだし、寝る時間も遊ぶ時間もないのだろう。女の子と会う時間だって、取れない。単独ライブのネタ作りが大変で、それどころではないのだと思う。どんなに忙しくても女遊びをしている芸人さんもたくさんいるけれど、榎戸さんはそういうタイプではない。

わたしがマネージャーとして支えたいと思うのは、担当している三組の芸人だ。でも、女としては、榎戸さんを支えられるようになりたい。その気持ちは日に日に大きくなっていく。止めようと思えば、余計に気持ちは大きくなる。

「じゃあ、またな」

「はい、失礼します」

子供達を撮影している親の間を通り、榎戸さんは事務所の劇場の方へ行く。

その背中を見ながら、榎戸さんを好きになろうと決めた。

仕事上、問題がある。

社長には、怒られるだろう。

それでも、好きになる。

彼を選ぶことで、わたしの人生はきっと変わっていく。

長い片想いは、もうしない。

榎戸さんにも、わたしを好きになってもらう。

歯車

山が雲の中に沈んでいる。

昨日の雨雲が残っているだけで、午後までには晴れるだろう。

家中の雨戸を開けてまわりながら、天気を確認する。

木造の古い家なので、なかなか開かないところがある。

雨が降ったせいか、いつもより固くなっている。

「どきなさい」起きてきた祖母が俺の横に立つ。

「お願いします」

「よっ」

小さく声を上げ、祖母が雨戸に触れると、さっきまで動きもしなかったのが軽々と滑る。コツがあるのだろうけれど、いつまで経ってもつかめない。他の雨戸も、祖母が開けていく。

「おはよう」母も起きてくる。
「おはよう」
「今日、東京に行くんじゃなかったの？」台所に行き、母は朝ごはんの準備をする。
「昼すぎに着けばいいから」
縁側に座り、外を眺める。
雲が流れ、その隙間《すきま》に紅葉した山が見える。
紅葉の見ごろはもう終わっている。あと何日もしないうちに、赤や黄に染まった葉は全て落ちていくだろう。
芸人を引退して山梨の実家に帰ってきて、二年と四ヵ月が経った。
一昨年の夏に帰ってきてからしばらくは、ぼうっとしていた。祖母と母がやってい
る畑を手伝うつもりだったのに、何もする気が起きなかった。東京でテレビに出てい
たことは、近所に住むほぼ全員が知っているので、外に出にくい。中学や高校の同級
生が都落ちとか言ってからかってくれれば楽になれるんじゃないかという気がしたの
だけれど、久しぶりに会った友達は気を遣ってくれたみたいで誰も何も言ってこなか
った。テレビは見たくもなかったし、本を読む気にもなれない。半年くらい何もせず
にいたら、もうすぐ春になるという頃に元相方の川崎から電話がかかってきた。「カ

フェをやることになったから、メニューの相談に乗ってほしい」という話だった。

川崎とは、スパイラルというコンビを組み、南部芸能事務所に所属して、漫才をやっていた。専門学校に通っていた頃から十年近くつづけた。芸人ブームに乗り、寝る時間もないくらい忙しい時期もあった。体調を気にする暇なんてなくて、テレビ番組の収録とライブや営業のために、朝も昼も夜もわからなくなるまで働いた。ブームが終わってからも仕事はあったが、時間に余裕ができた。余計なことを考えてしまえるようになったのが良くなかったのだと思う。歯車みたいなものが目の前をちらつく閃《せん》輝暗点《きあんてん》という症状が出るようになり、体調を崩した。

休みをもらっても良くならなかった。それでも、どうしても復帰したかった。仕事から離れている焦りもあった。家に一人でいると、悪い方へとしか考えられなくなる。川崎と会い、復帰の相談をしようとしたら、「解散しよう」と言われた。その時はなぜ川崎がそんなことを言うのか、わからなかった。でも、今になれば、わかる。あの時の俺は、自覚できないほど体調を崩し、精神的な調子も悪くなっていた。実家に帰る準備をしていた時はどうにか気力を保てたけれど、帰ってきた瞬間に張り詰めていた糸が切れた。いや、糸なんていう細いものではない。大きな布を切り刻まれたように感じた。修復方法は、俺自身にも家族にもわからない。

事務所の近くの喫茶店で、解散を決め、それから川崎と会うことはなかった。解散することは、川崎が南部社長に報告した。一週間くらい経った後で、事務手続きのために俺も事務所に呼ばれたが、その時に川崎は来なかった。専門学校生の頃は友達だったのに、漫才師としてデビューしてからは、相方でしかなくなった。その関係がなくなり、もう会うこともないんだと思った。

だから、電話がかかってきた時には驚いた。その内容は、意味がわからなかった。電話する相手を間違っているんじゃないかと思った。しかし、「産地直送野菜を売りにしたい。それを長沼の家に頼めば、宣伝にもなる。果物を安く仕入れられる知り合いも紹介してほしい」と、川崎が一気に話すのを聞いていたら、いつまでもこうしていてはいけないという気持ちになれた。それをきっかけに、畑に出るようになった。

もともと祖母と母が手放そうとしていた畑だ。俺がやるという約束で、土地を売るのを待ってもらった。二人の手は借りないようにしたいと思うけれど、そうはいかない。畑仕事は、自然との戦いだ。毎日の天気に野菜の出来が左右される。教えられた通りにやっても、うまくいかなかった。今はまだ趣味の延長程度で、川崎の店や東京にいた頃の知り合いの経営するカフェや居酒屋に納めている以外は、近所のスーパーや道の駅に置いてもらっているだけだ。今後は農家として成長して、ネット販売をしたり、ビジネスを広げていきたい。

祖母と母を超えるために、毎朝必ず、町を囲む山と睨み合って空を見上げる。風の向きや雲の流れを見て、一日の天気を予測して、どうするべきか考える。

「午後には、また雨が降るね」二階の雨戸も開けて、祖母が戻ってくる。

「えっ？　午後には、晴れるでしょ？」

「雪になるんじゃない？」台所から母が出てくる。

「そうだね。夜には、雪になりそうだね」

「なんで？」二人に聞く。

「どう見たって、そうだろ」それだけ言い、祖母は仏壇に手を合わせにいく。

何も言わずにうなずきながら、母は台所に戻る。

俺は居間に行き、テレビをつける。

情報番組をやっていて、画面の左上に各地の天気予報が出る。山梨県の今日の天気は晴れで、降水確率は二十パーセントだ。

でも、雨も雪も降るだろう。

祖母は嫁いできてから六十年以上、母は三十年以上、毎日畑に出ている。正確に、天気を言いあてる。

縁側に戻り、庭に出る。

冷たい風が吹く。

機械化がどれだけ進んでも、最終的に信頼できるのは自分自身の感覚だ。

風の向きや冷たさを感覚に刻みつけていく。


東京へは、車で行く。

高校を卒業したのと同時に実家を出て、十年以上東京に住んだのに、何度行っても道がわからない。ナビをセットしていないと、すぐに迷う。実家の辺りみたいに道が広くないし、一方通行が多い。川崎の店は、都心部から少し離れているので、目印になるような高い建物もない。店の周りには、カフェやイタリアンレストランや雑貨屋が並んでいるが、見分けがつかない上にすぐに店が替わる。先月来た時には行列ができていたパンケーキ屋もなくなったようだ。

芸人の仕事が忙しかった頃は、運転しないようにしていた。

一緒にテレビに出ていた芸人の中には、外車を買ったりしている奴もいた。川崎も買おうとしていた。俺も欲しいと思ったことはあるけれど、買いにいく時間もなかった。考えごとをしたり、眠ってしまったりして事故を起こしそうで、運転は無理だという気もした。ネタについて考えているうちに気がついたら寝ていたことがよくあった。パソコンに向かいながら、眠いとも思っていなかったはずなのに、一瞬で寝てしまう。眠っていたのではなくて、気を失っていたのかもしれない。目覚めた時には、血の気が引いているような感じがして、全身が怠《だる》かった。

実家に帰って、畑に出るようになり、祖母と農協へ行くために久しぶりに運転しようとしたら、基本的なことのほとんどを忘れていた。高校三年生の時、進学が決まってから卒業式までの間に免許を取り、専門学校に通っていた頃は運転していた。芸人になってすぐの頃も運転していた。売れる前は、自分達でライブの設営もやっていて、その時には機材を運ぶために車が必要だった。レンタカーを借りて、彼女とドライブに行ったり、友達とキャンプに行ったり、先輩の引っ越しを手伝ったり、自分が車を持っていなくても、運転する機会は多かった。体でおぼえるという感じで、忘れないと思っていた。自転車は一度乗れるようになったら、乗れなくなることはほぼないらしい。車も同じように考えていたが、全然違った。

祖母と母に呆れられ、父に怒られ、近くに住む妹に笑われ、ペーパードライバー教習に通い、勘を取り戻していった。

忘れてしまったのは、車の運転だけではない。

家族と暮らすようになり、日常の些細な習慣が狂ってしまっているのを感じた。生活時間帯も違うし、金銭感覚も違う。そして、誰かが何かやってくれることに対して、どうしたらいいのかがわからなくなっていた。高校を卒業するまで、祖母や母がごはんを作ってくれて、掃除や洗濯をしてくれることについて、何も考えていなかった。それが当然というか、自分には関係ない出来事のように思っていた。子供である自分は、何も気にせずに遊んでいればいい。東京から帰ってくると、祖母や母が何かやってくれるのを当然と思えなくなっていた。一人暮らしをして家事の大変さを知り、感謝の気持ちが芽生えたというわけではない。もちろん感謝はしているが、それ以上にマネージャーやテレビ局とかイベントとかのスタッフを見るような気持ちになった。

どれだけ売れても感覚がおかしくならないように、マネージャーに命令しないようにしていた。何かやってほしい時には、丁寧にお願いした。けれど、彼らや彼女達にとっては、命令されなくても動くのが仕事だ。スケジュールをこちらから確認しなくてもメールで送られてきて、楽屋に行けば飲み物や雑誌が用意されていて、地方へ行く時には切符や航空券を自宅に届けてもらえる。最初はそういうことに気遣う気持ちがあったのに、いつの間にか慣れてしまった。これ以上鈍感になってはいけないと思い、感謝の言葉を伝え、彼らや彼女達の誕生日にはプレゼントを贈ったりした。

同じように祖母と母にも感謝を伝えればいいと思っても、距離の取り方がわからなかった。洗濯ものをたたんでくれた母に「ありがとう」と言ったら驚かれ、夕ごはんの後で祖母に「今日も、おいしかった」と言ったら「熱でもあるんじゃないか？」と返された。何も言わないのも問題があると思うが、毎日のように家族に感謝の気持ちを伝えるのは、おかしいのだろう。うちには、そういう習慣もない。父も、俺が高校二年生の時に亡くなった祖父も、祖母と母に感謝の気持ちを伝えたことなんてないと思う。普段は何も言わずにいて、母の日や誕生日に二人にプレゼントを贈ればいいと思っても、落ち着かなかった。家事を手伝い、畑仕事を教えてもらうことで、家族としての距離を新しく作り上げていった。

そうしているうちに、生活サイクルは祖母と母に合わせた早寝早起きに変わっていった。なかなか戻せなかったのが金銭感覚だ。金についても感覚がおかしくならないように心がけていたが、月に百万円以上入ってくることがつづいたら、どうしたって普通ではなくなってしまう。俺が生まれた頃に買った冷蔵庫がついに壊れたので、父と母が新しく買う相談をしていた。「お金出すよ。ついでに、レンジや炊飯器も新しくすれば」と俺が言ったら、母にキャッシュカードと通帳を取り上げられ、クレジットカードの使用を禁止された。預金額を見て、父は落ちこんだようだ。今は、月の初めに母に十万円おろしてきてもらい、それで生活している。足りないと思ったけれど、ガソリン代ぐらいしか金を使わないので、あまる月の方が多い。でも、感覚はまだ戻っていない。高い、安いという基準が家族や地元の友達とは、違うままだ。考えごとをしているうちに、川崎の店の近くにある駐車場に着いたので、車を停める。

どれだけ考えごとをしていても、忙しかった頃のように、意識が飛ぶほど集中することはない。

車を降りて歩き、川崎の店に行く。

ランチタイムも終わっているのに、店は混んでいた。

しかし、客は知り合いばかりだ。

カウンター席にナカノシマの野島がいて、テーブル席に津田ちゃんがいた。二人とも、俺が所属していた南部芸能の後輩だ。野島の隣には、誰がどう見ても整形という感じの異様に胸の大きな女の子が座っている。店中のクリスマスの飾りが季節外れに見えるほど、薄着だ。彼女が間違っているのであり、他の客はちゃんと冬の服装をしている。津田ちゃんは一人だが、誰かと待ち合わせでもしているのだろう。一人で、元彼の店に来るタイプではない。

「こんにちは」津田ちゃんが言う。

「何してんの？」

「待ち合わせです」

「マネージャー？」

「彼氏です」照れたような顔で、嬉しそうにする。

川崎と付き合っていた頃、津田ちゃんはこんな表情をしなかった。いつも苦しそうにしていた。当時の彼女は、芸人の仕事よりも居酒屋でのアルバイトで生活費を稼いでいた。生活が厳しいせいだと思っていたけれど、川崎とのことも原因だったのだろう。津田ちゃんと付き合いながら、川崎が他の女と遊んでいることを俺は知っていた。でも、俺は何も言わなかった。番組の収録の後で、共演者やアシスタントを口説いているのを見ても、黙っていた。後輩として津田ちゃんをかわいいと思っていたが、芸能界というのはこういう世界だとわかって川崎と付き合っているのだろうと考え、できるだけ関わらないようにした。

「こんにちは。お久しぶりです」野島はカウンター席を離れ、俺の前に来る。

「彼女？」座ったままの女の子を見ながら聞く。

「はい。グラビアとかやってるんですけど、見たことないですか？」

「ごめん、ない」

「これから活躍すると思うんで、見てやってください」

彼女のグラビアを他の男に見られて、平気なのだろうか。

ナカノシマは今年の四月から深夜のレギュラー番組を持つようになり、他の番組の出演も増えた。

感覚がおかしくなってしまっているのだと思う。

夏になる前にここに来た時にも野島と会ったが、その時とも顔つきが違う。目の焦点が合っていないような感じがする。絶対に趣味じゃないとわかるダイヤの入った腕時計をしているし、自分が何をしたいのかもわからなくなっているのだろう。彼女とだって、野島が好きで付き合っているようには見えない。あの胸で迫られたら、どんな男でも心が揺れるだろうけれど、野島のタイプではないはずだ。つまらない妄想と言い訳を繰り返しながら、津田ちゃんに片想いをしているのが俺の知っている本来の野島だ。

わけのわからない女と付き合い、痛い目に遭うのも男には必要な気がするから放っておく。ここで俺が何か言ったところで、聞かないだろう。

「今日、仕事は？」俺から聞く。

「午前中に一本あって、次は夜からです」

「ああ、そう」

「少しでも時間があいたら、彼女と会いたくて」

その心がけは、立派かもしれない。

俺は忙しい時は、彼女のことを後回しにした。電話もメールもせず、何ヵ月も会わないこともあった。浮気しないことだけを誠意と思いこんだ。七年付き合って結婚も考えたのに、相手の顔をはっきり思い出せない。東京を離れる日にメールを送ったが、返信はなかった。

今はまだ、恋をする感覚さえ取り戻せずにいる。

「川崎って、いない？」

カウンターの中にはアルバイトの女の子しかいなかった。川崎の婚約者のサチちゃんもいない。

「サチさんと一緒に買い出しに行ってます」俺と野島の会話が聞こえたみたいで、アルバイトの女の子が答えてくれる。「すぐに戻ってきます」

「わかった。ありがとう」

「じゃあ、長沼さんもこっちに座ってください」野島が言う。

「いや、いいよ。邪魔するのは悪いから」

「なんか、すみません」俺に頭を下げ、彼女の隣に戻る。

彼女は、戻ってきた野島の手を握り、不満そうに何か言う。

俺が芸人だった頃は、後輩芸人が彼女といるところに会ったら、彼女も挨拶に来た。引退したのだし、野島の彼女が俺を気にもしないというのは当然だろう。二年四ヵ月もあれば、芸能界は大きく変わる。テレビに出つづけている人もいるが、知らない芸人やタレントが増えた。

「こっちで、待っていい？」津田ちゃんの正面に座る。

「どうぞ」

「彼氏来たら、どくから」アルバイトの女の子にコーヒーを注文する。

「しばらく来ないんで、大丈夫ですよ」

「そうなの？」

「仕事で東京に出てきていて、終わったら、ここに来るっていう約束なんです。お昼すぎには終わるって言ってましたけど、偉い人達につかまってるんだと思います」

「彼氏、東京の人じゃないんだ？」

「山形です」

「あれ？　前の彼氏もそっちの方の人じゃなかった？」

津田ちゃんは川崎と別れた後で、後輩芸人のメリーランドの友達と付き合っていた。メリーランドに紹介してもらったわけではなくて、バイト先が一緒だったらしい。俺は会ったことはないが、普通の大学生だという噂を聞いた。引っ越す前、ナカノシマの中野と中嶋が俺の部屋に来た時に、喋っていた。相手は山形出身で、卒業後は実家に帰ると話していた気がする。その後、別れたというのは、ＳＮＳで話題になっていた。

「前の彼氏が今の彼氏なんです」

「別れたんじゃないの？」

「一度別れて、また付き合うことになりました。遠距離恋愛、意外と便利ですよ。会えないのが基本ですから、忙しいことを責められません」

「そうなんだ」

「今日は、デパートでの物産展の打ち合わせで、東京に来てるんです。私もちょうど休みをもらえました。こういう時の喜びが大きいのも、遠距離のいいところです」

彼氏のことが本当に好きなのだろう。

俺が事務所にいた頃、津田ちゃんとこんな話をしたことはなかった。津田ちゃんは川崎と付き合っていたから、俺の前で恋愛のことは話しにくかったというのもあるだろうけれど、もっと冷めた感じに見えた。アイドル並みにかわいい見た目で、男をバカにしている感じもした。意外と便利と言いながらも、会えない寂しさは感じているのだと思う。それとも、会えなくても大丈夫と思えるくらい、相手を信頼しているのだろうか。

「物産展って？　彼氏、農家とかなの？」

「そうです。山形のさくらんぼ農家です」

「あれ？　それって、さくらんぼ王子のことか？」

「なんですか？　そのダサいネーミング」さっきまで笑っていたのに、一気に表情を曇らせる。

「いや、いいや」

若い人の間で家庭菜園や週末農業がはやっているという話も聞くが、農家を継ぐ人は減少傾向にある。SNSやそれぞれのホームページを通じ、各地の若手農家が交流して農業を広めようとしている。そこで「さくらんぼ王子」と呼ばれている山形のさくらんぼ農家の長男が、メリーランドの二人と同じ大学を卒業している。ダサいネーミングは、本人が考えたらしい。SNSのアカウント名も「さくらんぼ王子」となっている。メリーランドの二人と学部も同じだから知り合いかもしれないと思ったけれど、俺はまだ若手農家の中で気軽に振る舞えるほどではないから、確認したことはない。さくらんぼ王子は、今年の春に山形に帰ってきたばかりでも、農業関係のイベントの出席率も高くて活躍している。津田ちゃんが彼女で、メリーランドの二人が友達ならば、その活躍も納得できる。人前で何かやるというのがどういうことなのか、学生の頃から考えていたのだろう。

元芸人として、俺にも何かできるんじゃないかと考えてはいるけれど、何もできずにいる。いつまでも、趣味の延長程度でやっていてはいけない。

「溝口君とは、会ってますか？」津田ちゃんが俺に聞く。

「会ってない」

メリーランドの溝口とは、引っ越しの前にうちに来てもらって以来、会っていない。オーディション番組に出ていたのを見て、連絡しようと思ったが、余計な口出しという気がした。溝口が小学校六年生の頃から知っているので、ああした方がいいとかこうした方がいいとか言いたくなってしまう。

「最近、元気ないんですよ」

「なんかあったのか？」

「もともと明るいタイプではないから、あまり気にしてなかったんですけど、先月くらいから調子を崩してるみたいです。スランプっていうことではないと思うんですよ。それほどの芸歴もありませんし」

「ふうん」

「大学卒業して、フリーターになって、そういう生活が辛いっていうことだとは思うんですけどね」

「オーディション番組で最後までいったのに、その後うまくいってないみたいだしな」

「うまくいくばかりの世界じゃないですからね」

「そうなんだよな」

久しぶりに溝口に電話でもしようかと思ったが、やめた方がいい。何を悩んでいるのか聞けば、俺からも津田ちゃんからも、解決するためのアドバイスはできる。溝口が悩んでいるのも、野島が調子に乗っちゃっているのも、俺と津田ちゃんは既に通った道だ。そこをどうやって乗り越えるのか、自分で考えなくては、先に進めない。

「ただいま」川崎が帰ってくる。

「遅刻だぞ」俺が言う。

「もう来てたんだ？」

「こんにちは」サチちゃんも帰ってくる。

サチちゃんとは芸人の仕事をしていた頃にも何度か会ったことがある。川崎の浮気相手の一人だと知っていたため、ろくに挨拶もしなかった。向こうも、俺を避けていた。店で会い、感じ良く挨拶された時には、別人のように見えた。モデルの仕事を今もつづけているが、前ほど忙しくなくなったことで、サチちゃん自身も変わったのだろう。テレビの仕事で会った時より、雰囲気が柔らかくなった。

「奥、使うから」サチちゃんに言い、川崎は半個室になっているソファー席の方へ行く。

「じゃあ、また」津田ちゃんに言って立ち上がり、俺もソファー席の方へ行く。

カーテンを閉めると、他の客席から遮《さえぎ》られ、完璧な個室になる。

川崎と向かい合って座る。

「クリスマスの特別メニューを考えてんだけど」川崎が言う。

「遅くないか？」

クリスマスまで、あと十日もない。

「まだ間に合う！」

「いつから出すんだよ？」

「来週」

「遅いだろ？」

「今日考えて準備すれば、余裕」

「あのな、そういうのは一ヵ月から二ヵ月前には考えて、材料を仕入れて、試作を繰り返して、それからお客さんに出すもんだろ。今日明日で考えて出すもんじゃないんだよ。客席に置くメニュー表だって、作らなきゃいけないんだから」

「経営者は、俺だ！」テーブルを叩き、川崎は俺を見る。「店の方針は、俺が決める！」

「経営が杜撰《ずさん》すぎる。今は、ああやって知り合いやファンが来てくれても、このままだったらすぐに潰れるぞ」

「じゃあ、どうすればいいんだよ」ソファーにもたれて怠そうにする。

「クリスマスメニュー、どうしても出したいのか？」

「出したい！　そのために飾り付けたんだから」

入口の横には、サイズを間違えたとしか思えない大きすぎるクリスマスツリーが置かれている。ドアには、リースもかかっている。わざわざ電球を変えたのか、前に来た時と照明の感じも違った。暖炉を思わせるような温かい色の灯りだ。

「鶏《とり》でも焼けばいいんじゃねえの。前にランチで、なんか出してなかった？」

「タンドリーチキンな」

「それでいいじゃん」

「タンドリーチキン、カレー風味だから」川崎は、まっすぐに座り直す。「クリスマスっぽくないから。それに、チキンだけでいいなら、お前を呼ばないから」

「クリスマスで野菜使ったメニューってこと？」

「そう、そう。なんかない？」意図が伝わって嬉しいのか、笑顔になる。

この笑顔で、川崎は周りの人をだます。芸人の中ではという程度でもイケメンではあるし、スター性もある。専門学校では入学初日から目立っていた。笑顔で頼みごとをされると、誰も断れなくなってしまう。しかし、本人にその自覚があることを知っているので、俺はだまされたりしない。

十代の終わりから二十代の終わりまで、川崎とは誰よりも長い時間を一緒に過ごした。些細な癖から裏の性格まで、全て知っている。

「トマトとブロッコリー、並べておけばいいんじゃねえの？　クリスマスカラーって感じで」

「適当なこと言ってんじゃねえよ」怒った顔になる。

「経営者なんだから、自分で考えろ」

「考えてはいるんだけど、思いつかないから聞いてんじゃん」また怠そうにする。

「お前、カフェの経営、向いてないよ」

「そんなことない。俺には、こうして俺のために考えてくれる親友や恋人がいる」

「人に頼るな」

親友というのは誰のことだろうと思ったが、聞かないでおく。「お前のことだよ」とか返されても、なんか気持ち悪い。

「俺だって考えたんだよ。クリスマス料理の特集本を読んだり、海外のクリスマスの習慣を調べたり、ある材料で試作したり、やれることはやったんだよ。でも、なんか、これ！　っていうものが出てこない」

「これ！　って思えるものじゃなくても、いいんじゃないのか？　話題になるような変わった料理を食べたい人は、それなりのレストランに行くだろうし」

「俺、話題になるようなものがいいなんて、言ってないじゃん」

「いや、そう考えてるって、わかるから。インパクトのあるものを出したいんだろ?」

「そう、そう」

「それで、トナカイのステーキとか、考えたんだろ?」

「そう。長沼は、なんでもわかるんだな」

「お前が単純すぎるんだよ」

「そんなことないって。さすが親友!」

やはり俺のことを指して、親友と言っていたようだ。喜ぶ気持ちが微《かす》かにあったけれども、顔に出さないようにした。

「カフェなんだし、そういうものじゃなくて、かわいらしさで勝負した方がいいんじゃないか? 今あるメニューをアレンジして、カレーの野菜を星型にするとか、トマトとブロッコリーは冗談としても彩りでクリスマスっぽくするとか」

「それも考えたんだけど、子供が母の日に作ったみたいになっちゃうんだよな」

「ああ、そうだな」

「カフェというお洒落さとかわいさを兼ね備えた感じにはしたい」

「お洒落さねえ」

「なんだよ？　おかしいのか？」

「そもそも、川崎がお洒落カフェやってるのがおかしいから」

専門学校生の頃、川崎は顔はかっこいいのに私服がいまいちと言われていた。お洒落を通り過ぎてしまった派手な服装をしていた時期もあるし、ラフな感じにしたかったのかスウェットの上下で通学していた時もあった。誰がどう見ても迷走していて、毎週のようにファッションの傾向が変わった。俺とコンビを組み、舞台に上がるようになってからは、カジュアルな格好をするようになった。おかしな服を着て変な目立ち方をしないために、俺が注意したからだ。

大きすぎるクリスマスツリーを見る限り、川崎のファッションセンスはあの頃のままだ。店のお洒落さは、サチちゃんによって守られている。

「何がおかしいんだよ？」川崎が言う。

「何もかもだよ」

「どこがだよ」

「だから、何もかもだって言ってんだろ？」

「何もかもってなんだよ？」

「何もかもは何もかもだよ」

「自分に合わないことをやるのも、人生には必要だって、俺は思うぞ」立ち上がり、川崎は演説するように言う。

「はい、はい」

「そうして人生は広がっていくんだ」

「わかったから」

「俺という自我を捨て、サチを信じ、長沼を頼り、この店も幅が広がるようになるんだ」

「話が飛躍してるぞ」

「ということで、俺には出せないアイディアを出しなさい」座り直す。

「ああ、津田ちゃんの彼氏に野菜のこと、相談してみればいいんじゃやねえの。うちは冬野菜に力入れてないし、珍しいものもない。山形の方だったら、雪が多いことを活かした野菜もあるだろうから、俺達だけで相談しても思いつかないアイディアが出てくるんじゃないか。雪の中で育てる野菜とかあるはずだよ。彼氏はさくらんぼ農家らしいけど、農業関係のイベントで活躍していて、業界に顔が広いみたいだし」

「嫌だ」

「なんで？」

「あおいの彼氏だから」カーテンの向こうに聞こえてはいけないと思ったのか、声を小さくする。

「相変わらず、心が狭いな」

「心が狭いとか、そういう問題ではない。俺とサチとあおいの関係は、まだ微妙なんだ」

「そう思っているのは、お前だけだよ」

津田ちゃんもサチちゃんも全く気にしていないわけじゃないとは思うけれど、川崎がさくらんぼ王子に仕事を依頼したところで、気まずくなったりなんてしないだろう。女は男が期待しているほど、過去の恋愛を引きずってくれない。引きずっていたら、津田ちゃんは別の店で待ち合わせる。俺と川崎が話している間、カーテンの向こうでは津田ちゃんとサチちゃんで、川崎の悪口でも言っているんじゃないかと思う。両手と両足の指を使っても数えきれないくらいの女と遊んでいたくせに、川崎は女のことを何もわかっていない。

「それでも、嫌だ」

「さくらんぼ、安く仕入れられるかもしれないぞ。来年の夏になる前くらいにさくらんぼのスイーツ出したりするんだろ？」

「そうか」考えている顔になる。「それまでに俺の心をもう少しだけ広くする」

「今すぐ広くしろよ」

「それは、無理。とにかく今年のクリスマスは、俺と長沼でメニューを考えるって決めたんだ」

「勝手に決めんなよ」

俺と川崎の間にメニュー表を広げ、今出しているものをクリスマスアレンジできないか考える。

「スイーツは、どうにかなると思うんだよ」メニュー表を見て、川崎は真剣な顔になる。

「そうだな。今あるものに、ベリーのソースをプラスしたりすれば、それっぽくなるか」

「チキンはタンドリーチキンやった時の感じで、味付けを変えて試作するとして」

「うん、うん」

「他にクリスマスっぽいものって、なんだろうな？　子供の頃って、クリスマスに何を食ってた？」

「うちはじいちゃんが鶏さばいてた」

「マジで？」驚いた顔をして俺を見る。

「へえ。長沼家では、それが普通のクリスマスだったんだよ」

「川崎の家は、十年近くコンビ組んでいても、知らないことってあるもんだな」

「サンタさんだって、フライドチキンにいちごのケーキっていうＣＭみたいな感じだろ？」

「来ない、来ない。それは、お前の親父だろ」

「違うって。赤い服着て、窓から入ってきたんだから」

「サンタは、煙突から入ってくんだよ。窓から入ってくるのは、泥棒」

「ああ、そう、そう。煙突から入ってきた」

「お前の実家に煙突なんてないよな」

ふざけながらも、相談を進めていく。

川崎とこうして話していると、コンビを組んだばかりの頃に戻ったように感じる。

二人で話しているだけで楽しくて、どれだけ話しても足りなくて、未来には希望しかないと信じていた。仕事が忙しくなるにつれて話さなくなり、希望も見失っていった。ネタの相談をしても、会話が噛《か》み合わず、修復できないほど関係が離れていった。

閃輝暗点の症状で見える歯車は一つも噛み合わない。無数に見える歯車が一つ一つ勝手に回る。大きさもスピードも違う。体調を崩し、精神的にも苦しくなり、目の前にちらつく歯車の幻を見ながら、自分達の状況を表しているようだと考えていた。

今は、あの時見た歯車が一つずつ噛み合っていくのを感じる。


川崎の店を出る時に降り出した雨は、山梨に入った辺りで雪に変わった。積もるほどではなくて、地面に落ちたのと同時にとける。祖母と母の言った通りになった。

日付が変わるよりも少し前に家に着いた。

雨戸は全て閉まっていたが、玄関の鍵は開いたままだった。俺が帰ってくるからそうしたのではなくて、不用心なだけだ。ドアを開けると、家中が真っ暗だった。祖母も父も母も、もう眠っている。鍵をかけ、廊下の電気をつける。

台所に行っても、食べるものは何もなかった。

川崎の店で夕ごはんを食べてきたが、カフェのごはんというのはどれだけ食べても腹いっぱいにならない。運転して帰ってくる間に、お腹がすいた。何かないか台所中を探しまわる。こういう時に実家の不便さを感じる。一人暮らしだったら、何があるのか把握《はあく》している。何もないとしても、マンションからコンビニまで歩いて三分もかからなかった。実家の一番近くのコンビニまでは歩いて十分くらいだが、二十四時間営業ではないので、この時間は閉まっている。台所は祖母と母の場所だから、どこに何があるのかもわからない。

でも、これが人の生活という気がする。誰かと住み、お互いのルールを共有しながら暮らしていくのが正しい生き方だ。芸人だった頃、俺は自分の正しさを主張し、周りの意見を聞けなくなった。一人でいることを楽だと感じていた。

食器棚の上に置いたカゴの中にも何もなくて、冷蔵庫の中にもそのまま食べられるようなものは何もなくて、流しの下を開け、カップラーメンを一つ発見する。

電気ケトルでお湯を沸かし、カップラーメンに注いで、居間に持っていく。

テーブルにカップラーメンを置き、テレビをつける。

バラエティ番組がやっていて、若手芸人のインターバルが出ていた。インターバルは、ナカノシマとメリーランドと一緒にオーディション番組に出ていた。最初に見た時、この二人は売れると思った。見た目の良さ以上に、芸に関する知識や思考が他の芸人とは違うように見えた。よく勉強しているという感じは出さなくても、伝わってくる。子供の頃からお笑いが好きで、バラエティ番組を見るのが習慣になっているのだろう。昨日今日芸人になる決意をしたメリーランドの新城みたいな奴は、同じ土俵で勝負しようとしても、どうしたって敵《かな》わない。父親が漫談家で、子供の頃から寄席《よせ》に出入りしていた溝口とも違う。テレビのお笑いをずっと見てきたインターバルは、何が流行るのか直感でわかっているように見えた。オーディション番組では負けてしまったけれど、その後から一気に売れていった。

世代交代というほどではないが、最近は若手が増えてきている。ブームの波がそこまで来ているように感じた。あのままスパイラルをつづけていても、俺達はその波に乗れなかっただろう。新しい波がいくつ来ても流されないで立っていられるような強さが、俺と川崎にはなかった。

チャンネルを変えて他の番組も一通り見て、インターバルが出ている番組に戻す。

引退してからテレビを見られるようになるまで、一年近くかかった。

畑に出るようになっても、体調も精神的な調子も万全になったわけではなかった。友達と話したり、家族と食事をしたり、妹が連れてきた姪《めい》っ子と遊んだり、ペーパードライバー教習に通ったり、川崎と店の相談をするために東京に行ったり、普通に暮らしていたが、テレビだけはどうしても見られなかった。

ニュース番組でも、スポーツ中継でも、芸人が出る可能性はある。解散を決意したのは川崎でも、ピン芸人にならずに引退すると決めたのは俺自身だ。それなのに、他の芸人が出ていることを許せなく感じた。テレビに出られるようになるよりも前やテレビに出始めたばかりの新人の頃に感じたのとは違う嫉妬だ。夢も希望も何もなくなり、過去に対する執着だけがあった。もっとうまくやればこんなことにならなかったんじゃないかと思いつづけた。同期の芸人を見ると、俺と川崎よりずっとヘタなのに、どうしてこんな奴がテレビに出ているんだという恨みが止まらなくなった。漫才のコンクールで仲の良かった芸人が優勝したというニュースを見ても、祝う気になれなかった。テレビを見ていると、息ができなくなるような苦しさを覚えた。川崎のことを笑えないくらい、心が狭くなってしまったと感じたが、そういうことではなかったのだと思う。

好きで漫才師になり、二十代の全てを懸けた。

プライドを持ち、何よりも大切にしてきた仕事だ。

体調を崩し、精神的な調子を崩しても、つづけたかった。

ファンのためにとか、お世話になった人達のためにとか、つづけなければいけない理由を色々と考えた。けれど、結局は、自分自身が川崎と漫才をやりたかっただけだ。

簡単に諦められることではない。

気になるのも、むかつくのも、そこに強い気持ちがあるからであり、心の広さや狭さとは関係ない。

そう考えられるようになった頃に、中野と中嶋が連名で〈深夜のオーディション番組に出ることになりました！　メリーランドも一緒です！〉と、メールを送ってきてくれた。

南部芸能に所属していた頃、二人は俺を慕ってくれた。事務所のライブの後には、三人でよく話した。売れるまで時間はかかるかもしれないが、どうにか頑張ってほしいと思っていた。溝口のことも気になった。かわいがってきた後輩が勝負の場に出ようとしているのに、テレビは見たくないなんて言っている場合ではない。ナカノシマとメリーランドが出る時には必ず見て、応援した。川崎とは、店の経営のことは話しても、芸人に関することは話さなくなっていた。お互いにその話題を避けていた。しかし、オーディション番組の結果について話すうちに、芸人に関することも自然と話せるようになった。決勝でナカノシマの勝利が決まった時には、すぐに川崎から電話がかかってきて、「すごい！　すごい！」と言い合った。

芸人の仕事に未練がないわけではない。

津田ちゃんとナカノシマとメリーランドが一緒に仕事をしているのを見たら、羨《うらや》ましくなった。俺と川崎も、せめてあと三年頑張れたら、みんなと一緒にテレビに出られたのかもしれない。メリーランドとは、一緒にライブに出ることもできなかった。自分達ならば、どんな芸人よりも、六人を活かすことができる。南部社長が泣いて喜ぶような番組を作れただろう。

でも、俺達の居場所はもうないとも感じる。

テレビの中に広がる世界は、俺達の行けない遠い国になった。

今後、そこへ行くことはないだろう。

川崎とコンビを組んだばかりの頃に語り合った夢は、眠って見た夢のように、記憶の奥深くへ消えた。

それをもう一度思い出すことはできない。

三分以上経ってしまったので、フタを開け、カップラーメンを食べる。

伸びて柔らかくなった麺《めん》をすする音に、テレビの中の笑い声が重なる。

寂しさを感じるのは、心が正常に戻った証拠だ。

雨戸は、今日も開かない。

「よっ」

祖母のマネをして、小さく声を上げてみたが、それでも開かない。

少し持ち上げてみても、軽く押してみても、何をしても、開かない。

昨日の雪のせいで固くなっているのだろう。

そう思ったが、それは言い訳でしかない気がしてくる。晴れがつづいた時に簡単に開いたかと言えば、そんなことはない。

雨戸を開けなくては、家中に陽が射さないままだ。

力ずくでやればどうにかなりそうだけれど、雨戸が外れてしまったら面倒くさいことになる。外れたものを戻すのは、開けるよりも大変だ。前に外してしまった時には、朝から父に怒鳴られた。

何かが引っかかっているんじゃないかと思って調べたけれど、そういうことでもなさそうだ。

「どきなさい」祖母が起きてくる。

「今日こそ、俺が開ける」

「ああ、そう」俺を見て軽く笑い、洗面所へ行く。

廊下に一人で立ち、呼吸を整えて、雨戸に手をかける。

しかし、ビクともしない。

さっきよりも更に固くなった気がする。

「いつまでやってんだい？」戻ってきた祖母が俺の隣に立つ。

「開かない」

「どきなさい」

「お願いします」

いつまでも開けないままではいられないので、今日は諦める。

「よっ」

小さく声を上げ、祖母が雨戸に触れると、簡単に開く。

家の中に陽が射す。

雪は夜のうちにやみ、雲も流れたようだ。

晴れて、青い空が山の向こうまで広がっている。

「何が違うんだろう」

「私は、この家に好かれているからねえ」

「そういう問題？」

「私もこの家が好きだし」

「俺だって、好きだよ」

「いつかまた、この家を出ていこうと思っているんじゃないのかい？」

「思ってないよ」

「嘘、言うんじゃないよ」

「いや、本当だって」

「本当でもないけれど、嘘でもないってところか」

「……うん」

「畑のことは気にしなくていいから、好きにしなさい」

雨戸を全て開けて、祖母は仏壇に手を合わせにいく。

俺は庭に出て、山を眺める。

二年四ヵ月前に実家に帰ってきた時には、もう二度と東京に戻らないつもりだった。芸人の仕事に復帰することは絶対にないし、遊びにいくこともないと考えていた。川崎と店のことを相談するために東京へ行き、津田ちゃんや野島以外に、テレビ局関係の人とも会った。企画の話を聞いていると、放送作家としてならば戻れるんじゃないかという気持ちになった。感覚は鈍っているし、そんなニーズはないかもしれない。けれど、もう一度勉強したいという願望は強くなっていった。一緒にテレビに出られなくても、津田ちゃんやナカノシマやメリーランドが出る番組を作ることができる。

畑仕事は大変なことも多いが、楽しい。野菜の収穫をしていると、達成感を覚える。芸人の仕事で、オーディションに受かった時やコンクールで入賞した時も達成感を覚えたけれど、もっと薄暗い感情だった。嬉しさと同時に、それから始まる大変さも感じた。収穫の達成感には、その薄暗さがない。目の前にある野菜の出来に対する喜びだけを感じられる。姪っ子やその友達がおいしそうにトマトを食べている姿を見た時には、嬉しさで泣きそうになった。

東京で芸人をやっていた頃、山梨に帰ったら負けだと考えていた。でも、そんなことはなかった。時間をかけてゆっくりと自分を取り戻し、それなりに幸せに暮らせている。あのまま芸人をつづけていたら、幸福も不幸も何も感じられなくなっただろう。このままここで暮らした方がいいという思いがあるのに、東京に対する希望を捨て切れない。希望なんてないとわかっているのに、もう一度夢を見たいと願ってしまう。

俺が迷っていることに祖母だけではなくて、父や母や妹も気がついているだろう。

祖母もいつまでも畑に出られるわけじゃない。俺が東京に戻ることになれば、妹の家族がこの家に住むことになるかもしれない。古い家は、誰かが住んでいないとすぐに傷んでしまう。父と母の後で、俺か妹のどちらが住むのか、ちゃんと話し合って決めるべきなのに、避けてきた。放送作家になるのだったら、一日でも早く東京へ戻った方がいい。

「睨むんじゃないよ」庭に出てきた祖母が俺の横に立つ。

「えっ？」

「いつも山を睨んでるだろ」

「ああ、うん」

「もっと肩の力を抜いて、感じるんだよ」

「何を？」

「そうやって考えるのをやめるんだ。難しく考えると、自分のいいようにものごとを運びたくなる。だから、雨戸も開かないし、天気もわからない」

「そういうもんかなあ」

「そういうもんだよ」

祖母と並んで立ったまま、ぼうっと山を眺める。

山から下りてきた冷たい風が俺と祖母を包む。

「今日の天気は？」祖母が俺に聞く。

「晴れ」

「夜から明日の朝にかけて雪」

「なんで？」

「神様がそうおっしゃっている」それだけ言い、祖母は縁側から上がって家の中に戻っていく。

俺は庭に残り、ぼうっと空を見上げる。

雲はないし、太陽は輝いている。

青い空を見上げているうちに、頭の中も晴れていく。

どうして雪が降ると思えるのか、全くわからない。

睨むのをやめ、こうして空を見上げるうちに、天気がわかり、雨戸を開けられるようになるのだろうか。その時には、自分が何をやりたいのか、考えなくても決められるかもしれない。

それまでは、ここにいよう。

南部芸能事務所

この歳で、一人になるなんて思ってもいなかった。お友達や家族ならば死ぬまで一緒にいられるのに、恋人とは別れを決めなくてはいけない。

何も聞かずに出ていってくれたことを感謝しながらも、テーブルの上に置かれたままになっている鍵を見る度に、寂しさが募《つの》る。彼の荷物を全て運び出しても、思い出のものを全て処分しても、広い部屋のあちらこちらに彼のにおいが残っている。振り返れば、いつも通りにリビングのソファーに座っているような気がする。別れたいと言ったのは私なのに、止めてほしかったと今もまだ思っている。

十五年も一緒に暮らしても、生涯の伴侶《はんりょ》とは考えられなかった。止めてくれたところで、別れの時は、いつか来ただろう。

いつまでもぼうっとしていないで、新しいお洋服でも買いにいこうかしらと思うが、そんな気力も湧いてこない。

　ダイニングの椅子に座り、銀色の鍵を見つめる。

　春物のジャケット、明るい色のシャツ、それに合わせた靴やネクタイ、お花見のために着物も買った方がいい。彼にもらったものはもう使えないから、新しい指輪も必要だ。でも、買った方がいいとか、必要とか思うなんて、私のお買い物ではない。欲しいから買う、それだけだった。流行なんて気にせず、迷うこともなく、自分の好きなものばかり集めてきた。季節や天気に合わせ、何を着て出かけるのか考えることが毎日の楽しみだった。それなのに、一昨年の春頃からそう思えなくなった。

　何が欲しいのかも、何を着たいのかもわからなくなり、状況に合わせて「これでいい」と思えるものを選んだ。どんなに素敵な着物を着ても、オーダーメイドのスーツを着ても、美しい宝石の指輪をしても、以前のような華やいだ気持ちになれない。

　誰にも言わなかったけれど、私がそう感じていることに、彼は気がついていたのだろう。

　決定的だったのは、去年の十月のパリ旅行だ。

　パリは大好きで、毎年必ず一回は行く。彼は仕事があるため、一緒に行けない時も多い。去年は、「秋のパリを二人で歩こう」と、彼から誘ってくれた。その時に、なんとなくだけれど、これが最後になるのだと感じた。セーヌ川沿いを散歩して、シャンゼリゼ通りでお買い物をして、ホテルからエッフェル塔を眺め、初めて二人でパリに行った時と同じレストランで食事をした。けんかすることもなくて、穏やかに過ごせた。二人とも、よく笑った。けれど、少しも楽しくなかった。

帰ってきた翌日に、私から別れを切り出した。

三ヵ月近くかけて、彼の新居を探し、家具を揃えた。不動産屋にも家具屋にも、私はついていった。二人で暮らし始めた頃のことを思い出した。彼はまだ三十代で、私もまだ四十代の前半だった。

それまでにも男と暮らしたことはあったが、長くつづかなかった。男が私の部屋に転がりこんできていただけで、正式に同棲していたわけでもない。彼とは真剣に付き合い、二人で生きていこうと考えられた。結婚式のようなパーティーもして、たくさんの人が祝福してくれた。幸せだった頃のことを思うと、別れなくてもいい気がした。

しかし、思い出話は、厳禁だ。

美しく感じられるのは、過ぎ去った日々のことだからだ。十五年の間には、とても思い出したくないような、辛く苦しいこともたくさんあった。別れを考えたことだって、何度もある。感情的になり、警察沙汰になるようなけんかをした夜もあった。お互いに子供みたいなところがあり、相手に多くを求めすぎてしまった。それなのに、私が本当に辛かった時、彼は何も言わずにそばにいてくれた。あの時、私以上に、彼の方が辛い思いをしていたはずだ。私は毎日毎日、彼以外の男を想い、泣いていたのだから。

落ちこんでいてはいけない。

寝室に行き、奥にあるウォークインクローゼットに入る。雪でも降りそうな寒い日がつづいているが、暦の上ではもう春だ。桜色のスーツか、若草色の着物にしようと思ったけれど、そういう明るい色を着る気持ちになれなかった。グレーのスーツとネイビーのネクタイを出し、着替える。クローゼットから出て、鏡にうつる姿を見る。寝室の壁一面が鏡になっている。ダンスが好きだった彼のため、ここに引っ越してくる前に知り合いの業者に頼んで張った鏡だ。私はベッドに座り、踊る彼を見た。ダンスを教えてもらったり、ふざけ合ったり、愛し合ったり、二人の全てがこの鏡にうつった。

今、鏡にうつっているのは、疲れた顔をした一人のおっさんだ。

五十代後半になり、シミも皺《しわ》も白髪も、隠しようがないほどに増えた。

彼との別れを決めたのと同時に、他のボーイフレンド全員とも別れた。全員と会って別れ話をして、もう二度と会わないと約束した。お友達としてならば付き合っていけると思ったが、中途半端な関係はよくない。一月の終わりに彼が出ていき、もうすぐ二週間が経つ。誰とも会っていないし、電話やメールもしていない。電話がかかってきても、出なかった。

私に残されたのは、仕事だけだ。

何よりも大切な、南部芸能事務所のために、働かなくてはいけない。

事務所に行くと、マネージャーの鹿島が事務仕事をしていた。鹿島の他には事務員がいる。会議室にも、誰かいるみたいで、使用中の札が下がっていた。

「おはよう」

「おはようございます」パソコンから顔を上げ、鹿島は私を見る。

鹿島は、大学三年生になる前の春からうちでアルバイトをしていて、卒業後に社員になった。背が小さくて、胸もなくて、中学生みたいだったのに、去年の終わり頃から顔つきが急に大人の女に変わった。男ができたのだろうと思ったら、予想通りだった。うちの事務所とはライバル関係にある大手事務所に所属するインターバルの榎戸と付き合っているらしい。

「何してんの？」鹿島の隣の席があいていたので、座る。

「ナカノシマのスケジュールの確認です」

「それ、あなたの仕事じゃないでしょ？」スケジュール表を作るのは、事務員の仕事だ。

「春の特番の収録が重なりそうなんです。これからは仕事を断らなくてはいけなくなると思います。どれを優先させるのかナカノシマと相談するために、その資料として仮のスケジュール表を作ってるんです」

「最近、どうなの？」

「忙しすぎる感じはしますけど、ここで頑張れば、レギュラーが増えるかもしれませんし、体調を崩さない程度に仕事を詰めていこうと思っています」

ちょっと前まで、鹿島は言われた通りに動くのが精一杯という感じだった。今後を考え、意見を言えるくらいの余裕が出てきたようだ。

中学生みたいに見えても、最初から仕事ができた。最低限のことをきちんとこなし、何も言われなくてもプラスアルファを考えて、自分から動ける。ご両親に大切にされるだけではなくて、厳しく育てられてきたのだろう。一流と思える気遣いが自然とできる。マネージャーに向いていると思って社員にしたけれど、母親になるべき子なのかもしれない。子育てをしながら働く女性も多くなってきているが、マネージャー業務をやりながら家のこともやるのは難しい。社長としてバックアップしてあげたいと思っても、鹿島の代わりはいない。同じことをするように誰かに教えこんだところで、基本が違う。いつか選択しなくてはいけない時が来るだろう。今もきっと、仕事を取るべきか、恋愛を取るべきか、悩んでいるんじゃないかと思う。

「ナカノシマの態度は、どう？」

「一時期は調子に乗ってしまっていましたけど、最近はそんな暇もないという感じです。野島さんもグラビアアイドルと別れて、仕事に集中しています」

「別れたの？」

「年明けに別れましたよ」

「どうして？」

「それは、本人に聞いてください」

「なんでよ？」

「わたしが言っていいことではありません」

「いいわよ、言って。どうせ大した話じゃないんでしょ？　中学生じゃないんだから、人の恋愛を秘密にする必要なんてないのよ」

「いや、でも……」鹿島は、困ったような顔で私を見る。

口が堅くて、真面目なのはいいことだが、おもしろくない。最近は週刊誌に対する警戒心が強くなっているせいか、どこの事務所の人と会っても、噂話を好きにできなくなっている。芸人やタレント達も、噂にしておもしろいほど遊んでいないようだ。ほんの十年前までは、信じられないような話が楽屋に溢れかえっていた。

「どうせ、思ったよりもおもしろくないって言われたとか、そういうことでしょ？」

「違います」

「じゃあ、何？」

「飽きたって言われたらしいです」

「合ってるじゃない」

「性格がつまらなくて飽きたのではなくて、体の問題らしいです」

野島の彼女は、デブ専だったはずだ。太っている男がいいと思っていたのに、四ヵ月くらい毎日のようにやって、飽きてしまったのだろう。太っているだけの野島に、彼女を飽きさせないようなテクニックがあるとは思えない。野島の方も、胸が大きいだけで大してかわいくない女に飽きたんじゃないかと思う。私も若い頃には、同じ思いをした。見た目がタイプで体の相性もいいと感じても、三ヵ月も経つ頃には飽きた。性格が合っても、体が合わないと感じていた男の方が意外と長続きした。付き合いが長くなるうちに、体も合うようになり、大きな喜びを感じた。

「野島さんの気持ちは、津田さんに戻ったようです。それを糧にして、頑張っています。初心に返った感じです」

「津田は、男いるでしょ？」

結婚を考えていると、津田から報告を受けている。お嫁《よめ》にいって奥さんや母親になるタイプではないと思っていたけれど、仕事と家庭を両立させるために彼氏と話し合っているようだ。最初に会った時、抜群のスター性を持つ特別な女の子だと感じた。今の時代を引っ張っていけるような、新しい女性像が津田には作れるかもしれない。それを参考にすれば、鹿島や他の社員が結婚と出産をしても働ける環境作りができるだろう。

私は気持ちは女でも体は男のままだから、出産や育児に関しては、どうしてもわからないことがある。自分は完璧に女なのだと思いたくて、わからないことを認められず、以前は女性社員達に辛い思いをさせてしまった。

「だから好きなんじゃないのか、っていうのが中野さんと中嶋さんの分析です。片想いしているのが努力しているっていう感じで、いいみたいです。津田さんが野島さんを好きになることは、絶対にないですから」

「苦しんでいる自分が好きっていうことね」

「そうですね」

「あんたは、どうなの？」

「何がですか？」

「インターバルの榎戸と付き合ってるんでしょ？」

「付き合ってません」鹿島は顔を真っ赤にして、首を横に振る。

芸人のマネージャーのくせに、鹿島は下ネタは一切駄目だった。軽い下ネタでも、話の意味もわかりませんと主張している表情をして、黙っていた。男と付き合ったこともないというのが嘘ではないと、その態度でわかった。それが「体の問題」とかサラリと言ったので、もう榎戸とやることをやって処女ではなくなってしまったのだと思ったが、まだのようだ。現場に行くうちに、下ネタに慣れただけなのだろう。

「でも、好きなんでしょ？」

「いや、その、えっと、すみません」膝《ひざ》に両手をついて、頭を下げる。「ちゃんとご報告するべきでした」

「いいわよ、別に。付き合ってないなら」

「そうですよね」

「付き合えそうなの?」

「二人で会ったりはしているのですが、向こうが忙しいので、テレビ局の食堂でごはんを食べるぐらいです。大事な時ですし、わたしのことなんて考えている時間もないと思いますので」

「他の女と会ってるんじゃないの?」

若手芸人の中で、インターバルは一番人気がある。寄ってくる女は数えきれないほどいて、遊びたい放題だろう。仕事一筋という噂しか聞かないが、全く遊んでいないとは思えない。彼女はいなくても、遊ぶ用の女くらい何人かいるはずだ。鹿島をそういう女と考えたら、相手が大手事務所でも許さない。

「そういうこともないようです」

「そんな芸人いるわけないじゃない」

「わたしもそう思ってしまったのですが、そのようなことは本当にないようです」

「信じて待っても、いいことなんてないわよ。今は彼女がいないとしても、強引な女が現れたら、持っていかれちゃうわよ」

「そういうもんですかねえ」

「そういうもんよ」

「でも、今は、ナカノシマ以上に忙しいはずですし……」

「どんなに忙しくても、まだ若いんだから、睡眠時間削って女と会うぐらいのことはできるわよ」

「そうなんですか……」

「相手の言うことを信じたいならば、好きにすればいいじゃない」

「はい、なんか、すみません」

「いいって、言ってんでしょ。それにね、あんたは偉いと思うわよ」

「偉い？」首を傾げて、鹿島は私を見る。

「付き合うことになったら、また報告して」立ち上がり、奥にある自分の席へ行く。

確認しなくてはいけない書類が机に積んであったが、仕事をする気になれなかった。

　椅子の向きを変え、窓の外を見る。

事務所を創設して三十年以上が経つ。

ここから見える景色は、その間に変わってしまった。

正面に建つビルもなかったし、表の通りはもっと広々としていたし、人通りもこんなに多くなかった。路地裏にあった喫茶店や居酒屋も次々に閉店して、若い子向けの雑貨屋やカフェになった。駅の周りは再開発が進み、商店街も、大好きだったデパートも取り壊された。

ここは、私とあの人の夢のお城だった。

初めて二人でここに来た時、窓の外に広がる町を眺めて、人生が始まるのを感じた。

隣で笑っていたあの人のために、頑張ろうと思った。

私を好きになってくれないあの人のことだけが好きだった。

誰と付き合っても、誰と一緒に暮らしても、忘れられなかった。

あの日見た景色はどこにもないし、あの人もどこにもいない。


私とあの人は、この町にあった小さな洋食屋で出会った。

今は駅ビルが建っている辺りに、かつては商店街があった。昭和が終わりに近づいた頃のことだ。洋食屋の他に、居酒屋や蕎麦屋、八百屋や魚屋や金物屋も並んでいた。今は見なくなった氷屋もあった。

大学に入学してすぐに、私は洋食屋でアルバイトを始めた。父は地主で、仕送りはたっぷりともらっていた。アルバイトをしなくてもよかったのだけれど、社会勉強をしたかった。将来何をするのか、決めていたわけではない。でも、人と同じことはできないと感じていた。男として生まれたが、自分は女であると小学校に上がった頃に気がついた。小学校四年生で、初めて好きになった相手は同じクラスの野球が得意な男の子だった。中学三年生の時に、隣のクラスの女の子に告白されて付き合ってみたけれど、どうしても好きになれなかった。それから女の子と付き合ったことはない。

この十年くらいの間に、オネエと呼ばれる芸能人が増えた。最初はバラエティタレントという感じで芸人のような扱いを受けていたが、最近は朝や夕方の情報番組にコメンテーターとして出たりもしている。それでも、まだ差別の目はある。自らは性的マイノリティであると主張しなくてはいけないのが差別の証拠だ。差別も偏見もないならば、カミングアウトする必要だってない。ＬＧＢＴと呼ばれる特殊な人間だと思われているため、社会派として扱われる。

昭和の終わりと言っても、一九七〇年代のことで、今から三十五年以上前だ。古い思想は残っていた。体は男性でも男性が好きというのは、絶対にばれてはいけないことだった。私が生まれ育ったのは、東京から電車で一時間ほど行ったところにある小さな町だ。ゲイだとばれたら、どんな噂をされるか容易に想像できる。同級生と友達でもいられなくなっただろう。地主である父は、町の有名人だ。次男として生まれた私は、跡を継がないでよくても、南部家の息子としてふさわしい振る舞いを求められた。しかし、父の求める男らしさは、どうしても理解できなかった。空手教室に幼稚園から高校を卒業するまで十四年も通ったが、最後まで好きになれなかった。祖母や母の付き添いとして、東京へ歌舞伎やオペラを見にいってお買い物をすることが一番の楽しみだった。成績が優秀で、スポーツよりも読書や芸術鑑賞が好きで、仕草や言葉遣いが柔らかくてもおかしくないというキャラクターを押し通した。父も、寄席や演劇やクラシックコンサートに行くことを趣味としていたので、そのお供をすれば咎《とが》められることはなかった。

実家を離れ、東京に出てきて、大学に入り、差別や偏見がなくなることを期待したが、生まれ育った町以上に強い差別がそこにはあるように感じられた。中学生や高校生の頃、異性に対する興味を露骨に示すのは、恥ずかしいことで秘めるべきだった。大学のキャンパスは、秘めていたことがはじけるように溢れていた。勉強をする場ではなくて、恋人を作る場だ。彼女なんていらないと言うと、すかしているように見られた。本当のことは言えず、馴染めず、友達ができないまま毎日を過ごした。授業に出て、洋食屋でアルバイトをするだけの日々だ。

東京のどこに行けば、同じような悩みを抱える人達がたくさんいるという噂を聞いたことがあったけれど、そこへ行く度胸はなかった。私にだって、はじけさせたい思いはあった。同じ授業を受けている中に気になる人もいて、彼に抱かれたいと考えていた。でも、怖かった。その気持ちは、初体験に不安になる女性と変わらなかったと思う。私の場合、好きな男性に初めてを捧げるというのは、難しい。恋愛と性的な欲求を、別のものと考えなくてはいけないと思っても、なかなか割り切れることではない。

一年が経ち、東京で一人で生きていくことに慣れた頃、あの人と出会った。

あの人は、洋食屋のアルバイトの後輩であり、大学の後輩でもあった。

洋食屋の厨房で「新人の溝口です」と言い、頭を下げたあの人を見て、一瞬で恋に落ちた。

恋人になった相手はいなくても、それまでにも何人かの男を好きになった。中学生や高校生の頃には、胸が苦しくなるほど想っていた友達もいた。けれど、小学生の時の初恋からその日まで「いいな」と想った相手の全てを忘れてしまうくらい、溝口君のことが好きになった。

特別にかっこいいわけではないし、体格がいいわけでもない。好みのタイプでもなかった。それまで私が好きになった男は、クラスで目立つスポーツマンタイプだ。初恋の影響か、野球部の男の子がとにかく好きだった。私は身長があまり高い方ではないため、背の高い男の子にも憧れた。同じ空手教室に通うしなやかな筋肉のついた男の子も素敵だった。体質なのか、私はトレーニングしても、美しい筋肉はつかなかった。ガッチリした感じになってしまうのも、空手が好きになれなかった理由だ。

溝口君は、身長は私と同じくらいで、幼い感じがした。大学一年生になったばかりだったから当たり前なのだけれど、高校生にしか見えなかった。耳に少しかかる長さの黒髪や白い肌が艶々《つやつや》していて、触ってはいけないと感じた。恋する気持ちよりも、母性に近かったのかもしれない。東京に出てきたばかりの溝口君を、守ってあげないといけないと思った。それまでは男の人に抱かれたい、守られたいと思うばかりだった。守ってあげたいなんて思うのは初めてで、溝口君は特別な相手なんだという気がした。運命の相手なんじゃないかとさえ思った。

アルバイトの時以外にも、溝口君と遊ぶようになった。私の言葉遣いが女っぽくても、歌舞伎やオペラの話ばかりしても、歩いている時に手が触れてしまっても、溝口君は嫌な顔一つしなかった。いつも笑っていた。一緒にいるうちに大人になっていき、顔が男っぽくなっていくのを見られるのが嬉しかった。お互いの下宿に遊びにいって、朝まで過ごすこともあり、もしかしたら溝口君も私と同じ気持ちなんじゃないかという気がした。年上である私から気持ちを伝えるべきだ。いつにしよう、どうしようと思ううちに、季節が巡り、一年が経った。

初めて会ったのと同じ日、私も溝口君もアルバイトをしていた。帰りに、告白しようと決めていた。なんて言おうか考えながら厨房で仕事をしていたら、ホールに出ていた溝口君がお客さんの女の子と話している声が聞こえた。店のマスターも一緒になって、話していた。溝口君には、大学にも友達がたくさんいる。女の子の友達も多い。彼女達の誰に対しても、女性としての興味はないみたいで、他の男子学生のように恋人を作ろうとしていなかった。その姿を見て、私と同じ気持ちだと確信が持てた。友達の一人だろうと思い、厨房とホールの間にあるカウンター越しに、溝口君とマスターのいる方を見た。そこには、初めて見る女の子が座っていた。

白いワンピースに黄色いカーディガンを羽織った小柄な女の子で、中学生のように見えた。当時人気だったアイドルの髪形を真似していた。溝口君の妹かと思ったが、違う。姉も妹もいなくて、お兄さんが二人いるだけだ。いとことか地元の後輩とかだろうと思いたかったけれど、そういうことでもないというのが見ただけでわかった。彼女は、溝口君の恋人だ。

大切な相手だけに見せる特別に優しい表情で、溝口君は彼女を見つめていた。マスターにからかわれ、照れていた。私がホールに出ていくと、「高校の同級生で、都内の看護学校に通っています。付き合いはじめたのは、東京に出てきてからで、最近なんです」と、溝口君は彼女を紹介してくれた。彼女には、「南部さん。お世話になってるって話したでしょ」と、私を紹介した。説明の短さに、敗北感を覚えた。溝口君は私に彼女のことをひとことだって、話さなかった。それなのに、彼女には、私のことを話していたんだ。立ち上がり、「はじめまして」と頭を下げて挨拶をした彼女に、「ちんちくりん！」とだけ言い、私は厨房へ戻って裏口から逃げた。

泣いている顔を誰にも見られたくなくて、走りつづけた。

しばらく走った後で、溝口君もマスターも心配しているから洋食屋に戻らないといけないと思っても、戻る気になれなかった。電話をする気にもなれず、東京の町を歩きつづけ、私と同じような悩みを抱える人達が集まる場所に辿りついた。暗いバーに入り、お酒を飲んだ。私は昔からお酒に強くて、酔っぱらうことはほとんどない。その日は、精神的なショックが強すぎたのか、ほんの数杯飲んだだけで、倒れそうになった。トイレに行こうとしても、うまく歩けなかった。支えてくれた男に身を任せて、彼の部屋へ行った。名前も知らない男に、初めて抱かれた。

そういう店に出入りしているのは、優しい人が多い。同じような悩みを抱え、苦しんで生きてきた者同士だ。あの時の私は、まだ二十歳になったばかりだった。そんな男の子が酔っぱらっていたら、水を飲ませて介抱して話を聞く。悪い男につかまってしまった私が悪いのだろう。目の前がぼやけ、意識が遠のく中でも、忘れられないような痛みを感じた。何か飲まされたのか、そのまま意識を失い、気づいた時には朝になっていた。ドラマのセットのような流行りの家具が並ぶマンションで、相手の男はどこにもいなかった。残った痛みに、夜の出来事は現実だと感じた。そして、それ以上に痛む胸に、溝口君と彼女の姿を思い出した。

下宿に帰ると、部屋の前に溝口君がいた。

急にいなくなった私を心配して、一晩中待っていたようだ。寝不足の顔で、私に笑いかけてくれた。会いたくないと思っても、帰ってとは言えない。部屋に入り、話をした。私が「何も聞いていなかったから、ビックリしてしまった」と言い訳すると、溝口君は「ごめんなさい」と言って頭を下げた。「話そうとは何度も思ったのだけれど、勉強もアルバイトも熱心にやっている南部さんから見たら、恋愛に必死になっている自分は軽く見えるのではないかと不安だった」と話し、更に深く頭を下げた。額が畳《たたみ》につきそうになっていた。その後頭部を見ながら、気持ちを告げるならば今だと感じた。他の男に抱かれてそんな資格はないと思ったけれど、どうしても気持ちを伝えたい。ふられることはわかっていても、私の気持ちを知っていてほしかった。でも、言えなかった。

お友達でいつづけることを決めた。

どうしても嫌われたくなかった。夜の出来事も話せない。気持ちを隠して、お友達でいれば、ずっと一緒にいられる。

私の顔色が悪かったからか、溝口君は「ちゃんと休んでください」とだけ言い、帰っていった。問い詰められなかったことに安心したけれど、あの時にあの人は全てをわかっていたのだと思う。わかっていて、私を大切なお友達として見てくれた。

一週間が経ち、改めて彼女を紹介してもらった。

ちんちくりんは、看護婦を目指して勉強していた。口が達者で、生意気で、小さな体でよく食べ、よく喋り、よく動く姿を溝口君は穏やかに見つめていた。

大学を卒業して、私は父の紹介で不動産関係の会社に就職した。溝口君とは変わらずにお友達として親しくしていたが、学生の頃のようには会えなくなった。そのうちに別れるだろうと思っていたのに、溝口君とちんちくりんは付き合いつづけている。看護婦になったちんちくりんは、実家に帰り、地元の病院で働いていた。神奈川県の端にある小さな町だ。遠距離というほどではなくても東京から二時間弱かかるし、三交替で働くちんちくりんと学生の溝口君では生活する時間帯も合わないのに、何も問題ないようだった。四年生になった溝口君は、卒業後はちんちくりんのお父さんの経営する工場で働くと話していて、婿《むこ》入りの計画が順調に進んでいた。

結婚だけは、阻止しなくてはいけない。

その頃の私には、恋人がいた。同じような悩みを抱える人達が出入りするバーで知り合った男だ。溝口君にも他の友達にも、内緒で付き合っていた。恋人以外にも、ボーイフレンドが何人かいた。それでも好きなのは、溝口君だけだ。他の男に抱かれながら、溝口君のことを考えていた。

仕事をしていても、溝口君のことばかり考えてしまう。

時代は漫才ブームに沸いていた。週末の夜に恋人の部屋でテレビを見ながら、「これだ！」と思った。学生の頃、溝口君とよく寄席に行った。私も溝口君も、漫才や落語が好きで「漫才師になろう！」と、冗談のように言い合ったことがある。漫才師になろうと溝口君を誘えばいい。そうすれば、ちんちくりんの実家への就職を止められるし、弟子入りしている間は結婚も止められる。卒業してすぐに結婚するというわけではないと話していたが、就職と同時に話は進んでいくだろう。状況が変われば、別れるかもしれない。考えが安易すぎるという気もしたけれど、うまくいく自信があった。

二人でよく行っていた喫茶店に溝口君を呼び出し、話をした。「やってみたいとは思うけれど、無理」というのが返事だった。渋る溝口君を何度も説得してみたが、話は進まなかった。溝口君の気持ちを変えたのは、ちんちくりんだ。ちんちくりんが「やってみるといいよ」と言い、溝口君は私と漫才師になることを決意した。

溝口君の卒業を待ち、私は会社を辞め、保子《やすこ》師匠のところに弟子入りした。漫才ブームの終わりは近づきつつあった。一年間は稽古をしないといけなくて、すぐにデビューできないことに対する苛立《いらだ》ちはあったが、溝口君と毎日一緒にいられることが嬉しかった。漫才の稽古中は、ずっと顔を見つめていられる。溝口君とちんちくりんは会える時間が減り、うまくいっていないように見えた。このまま別れてくれたら、私の計画通りになると思った。

しかし、あと少しでデビューできるという頃に、溝口君が「辞めたい」と言い出した。

どうしてそんなことを言うのか、わからなかった。ちんちくりんに何か言われたのだろうと思って問い詰めても、溝口君は謝るばかりだった。納得できないと私が言い、保子師匠や他の人達にどう説明するんだと責めると、溝口君はやっと話してくれた。ちんちくりんが流産したということだった。妊娠したことを溝口君にも家族にも言えず、仕事先の病院の人達にも言えず、ちんちくりんは働きつづけた。夢を見て努力している溝口君と私の邪魔をしてはいけないと考えたようだ。仕事中に倒れ、そのまま流産した。ちんちくりんのそばにいたいと言い、溝口君は泣いた。いつも笑っていて、暗い表情をすることもない人だ。怒っているところも、悲しそうなところも、見たことがなかった。ちんちくりんと私の付き合いも長い。生意気で鬱陶しいガキと思っても、情があった。私が泣くことではないと思い、涙を堪えた。地元に帰り、結婚して、ちんちくりんの実家で働くという溝口君を止めてはいけない。

保子師匠には流産のことは隠し、結婚するので辞めさせてくださいと溝口君は話した。その決意に何かあったと感じたのか、保子師匠はすぐに了承してくれた。結婚を祝福されて「ありがとうございます」と笑顔で言っていたけれど、溝口君はいつも寂しそうだった。私は、溝口君といるために漫才師になろうと思っただけで、どうしてもなりたかったわけではない。でも、その時に、どうしても漫才師になり、溝口君を笑わせたいという気持ちが芽生えた。溝口君を笑わせるためでも、相方は溝口君以外にいない。そして、溝口君も同じようにどうしても漫才師になりたい、相方は南部さんしかいないと思っている気がした。出会った頃に、溝口君も私を好きなんじゃないかと思ったのは勘違いでしかなかったが、今度は勘違いではないという自信があった。ちんちくりんのために止めてはいけないと思っても、止めなくてはいけないという気持ちが強くなっていった。

我慢して押しこめた気持ちは、突然に溢れだした。

付き人として、溝口君と二人で寄席に出る保子師匠についていった。その楽屋で、溝口君に抱きつき、私は涙を流して叫び声を上げた。出会った頃から抱えつづけた気持ち、その時の想い、これからのこと、全てをぶつけた。それで嫌われてしまったらそれまでだと覚悟した。何も伝えないまま生きていくことはできない。保子師匠も他の芸人も楽屋から出ていき、私と溝口君の二人きりになった。最後まで私の話を聞き、溝口君はいつも通りに笑った。私のことを気持ち悪がったりせず「友人としては大好きだし、相方としては尊敬している。一番の親友だと思っている。でも、恋人としては考えられない」と言って、ちゃんとふってくれた。そして、芸人になりたいという強い気持ちがあると正直に話してくれた。

その後、私と溝口君とちんちくりんの三人で、話し合いをした。

結婚して、芸人になるための稽古をつづけたいというのが溝口君の希望だった。ちんちくりんと結婚して、一緒に暮らすのは絶対だった。溝口君の希望は、私とちんちくりんの希望でもあった。しかし、私は溝口君の相方ではいられない。そうしたいという気持ちはあっても、辛かった。好きで、好きで、そばにいることが苦しい。他の女と結婚する彼の隣にはいられなかった。話し合いを繰り返し、保子師匠や後輩の手品師にも相談した。ちんちくりんは「溝口君とは別れた方がいい」という両親と揉めていた。

翌年の春、溝口君はちんちくりんと結婚して漫談家になり、私は南部芸能事務所の社長になった。

開業のために、父からお金を借りた。その時に、自分が女であることを両親に言うべきかと思ったが、言えなかった。結局、父が死ぬまで、言えないままだった。まだ生きている母は気がついているようだけれど、何も聞いてこない。父もわかっていたのだと思う。

事務所の窓から町を眺め、全てがうまくいくと感じられたのは、最初だけだ。

漫才ブームが終わり、芸人にとって冬の時代が始まった。溝口君は漫談家として寄席に出ていたが、売れるとは思えなかった。事務所に移籍してきた保子師匠や手品師のテネシーの稼ぎで、どうにか経営していった。自分達の選択は間違いだったのかもしれないと悩み、溝口君とたくさんのことを話し合った。溝口君はいつも、「大丈夫だから」と、笑っていた。楽観視できない状況だからこそ、強くいようと思っていたのだろう。ちんちくりんは都内の病院に就職して、溝口君と一緒に暮らしていたが、なかなか子供ができなかった。子供を望む二人の気持ちを私も理解しているつもりだったけれど、よくわかっていなかった。流産した子供に対する気持ちも、わからなかった。

十年近く経ち、お笑いブームがまた来て、どうにか事務所も軌道に乗った頃、ちんちくりんが妊娠した。もうすぐ春が来るという暖かい日にそれを知らせにきた溝口君は、喜びを爆発させていた。その年の十一月、無事に男の子が生まれた。その子が小さな手を伸ばして私の頰《ほお》に触れた時、ちんちくりんと溝口君の辛い日々を初めて理解した。

成長していく男の子を見ながら、溝口君を諦めようと決めた。

ブームに乗れず、溝口君は売れない漫談家のままだった。ちんちくりんの稼ぎで、どうにかやっていけていた。出産の前後は仕事を休んだけれど、息子が一歳にもならないうちにちんちくりんは職場に復帰した。家のことは溝口君の方が得意で、息子もお母さんよりもお父さんに懐いていたため、それでうまくいったようだ。ちんちくりんと両親はけんかしたままでも、援助してもらっていたらしい。孫のかわいさに、両親の気持ちも変わったのだろう。

男の子は元気に成長していき、私は真剣に付き合おうと思える恋人と暮らしはじめ、事務所の経営も順調で、自分達の選択は正しかったと思えるようになった。大変なことはあっても、毎日幸せで、充実していた。

けれど、そんな日々は長くつづかない。

溝口君は、癌《がん》に冒されていた。

ちんちくりんから電話で連絡を受け、あと三ヵ月の命だと言われても、信じられなかった。四月だった。夜で、私は家にいた。窓の外には、怖いくらいに美しい桜が見えた。すぐにちんちくりんに会いにいき、話を聞いた。ちんちくりんとは会えばいつも、憎まれ口をたたき合った。私がゲイであることをわかって、女友達として私を見てくれた。溝口君の入院する病院の廊下で、小さな体を小さく丸めて泣きもせずに話す姿を見ていたら、男として支えなくてはいけないと感じた。舞台に立ち、私と漫才をするのが溝口君の希望だった。芸人としての溝口君の夢は、売れることでも、賞を獲ることでも、レギュラー番組を持つことでもなくて、私と漫才をすることだった。叶えてあげたいと思っても、それを叶えてしまったら、溝口君が本当に死んでしまう気がした。少しでも長く生きてもらいたい。夢を持ちつづけ、それを希望として、生きてもらうことを私もちんちくりんも選んだ。

三ヵ月よりも少し長く生きて、八月に溝口君は亡くなった。

溝口君がかわいがり、大切にしてきた息子はまだ中学二年生にしかなっていなかった。顔は溝口君とそっくりでも、生意気な性格はちんちくりんとそっくりだ。お通夜でも、告別式でも、ちんちくりんと息子を支えるのが私の役目だった。社長として、挨拶もしなくてはいけない。告別式には、たくさんの人が来た。仕事関係の人以外に、学生の頃にアルバイトしていた洋食屋のマスターも来てくれた。何があっても泣いてはいけないと思っていたのに、棺《ひつぎ》の中で眠る溝口君を見たら、堪えられなくなった。

最後に、漫才をすればよかった。

帰ってからも恋人の胸に抱かれて、私は泣きつづけた。溝口君を諦められていなかった自分の気持ちにも、気がついた。

人生の中で、溝口君以上に好きになれる人はいない。


会議室のドアが開き、メリーランドの溝口と新城が出てくる。

「お疲れさまです」私に向かってそう言い、溝口と新城は事務所から出ていく。

少し休憩するだけで、まだ稽古をつづけるのだろう。

溝口は、溝口君の息子だ。

大学二年生の夏にうちの事務所の研修生になり、今は漫才師として活動している。

去年の春に大学を卒業した。

一昨年の春から一年間、メリーランドはオーディション番組に出演していた。

それを見ていたら、溝口君のことを思い出してしまった。

亡くなってからも、一日だって忘れたことはない。命日とは関係なくお墓参りに行き、ちんちくりんのことや溝口のことや私のことを報告する。今でも、溝口君のことが誰よりも好きだ。それでも、どうしても忘れてしまう。

最初に思い出せなくなったのは、声だ。

溝口君がどんな風に私を呼んだのか、どんな風に話したのか、言葉は憶えていても、声は思い出せない。舞台に出た時の録音や録画があるが、そばにいて聞く声とは少し違う。笑顔がぼやけていき、ずっと見つめていた横顔もはっきり思い出せなくなり、私の記憶から溝口君の姿が一つ一つ消えていった。

もともと似ていたが、大学生になった頃から溝口は、父親の溝口君とそっくりになった。顔もよく似ているけれど、それ以上に仕草や話し方が似ていた。歩き方が同じなのか、足音を聞いた時に、溝口君が来たと感じた。消えた記憶が蘇《よみがえ》ってきて、止まらなくなった。溝口がテレビに出る姿を見ていたら、漫才師になろうと二人で語り合った夢を思い出した。二十代だった私達には、きらめくような恋と輝く夢が溢れていた。

私はいつも、溝口君の目ばかり意識していた。

服や宝石を欲しいと思うのは、私一人の趣味や感情ではない。派手な色のスーツを着ていると、溝口君が笑ってくれた。美しい色の着物を着ていると、溝口君が褒めてくれた。宝石のついた指輪をたくさんしていると、溝口君が「誰に買ってもらったの？」と、心配してくれた。溝口君が亡くなってからも、私は彼に見せるための服や宝石を求めつづけた。記憶が蘇ってくるうちに、そのことを思い出し、何も欲しいと思えなくなった。私がどんな格好をしても、もう溝口君には見せられない。

「戻りました」溝口と新城が戻ってくる。

コンビニに行っていたみたいで、二人ともビニール袋を持っていた。流しの横にある冷蔵庫からペットボトルを取り、会議室に入っていく。

私が二人を見るのと同じように、鹿島も二人のことを見ていた。

鹿島は、ずっと溝口が好きだった。

大学一年生の頃から同じ店でアルバイトをしていて、その頃から好きだったようだ。四年以上、想いつづけたけれど、うまくいかなかった。溝口は、鹿島を気に入っているはずだ。鹿島は、溝口の母親であるちんちくりんとよく似ている。最初に鹿島と会った時にそう感じて、事務所でアルバイトを始めた頃はちんちくりんと呼んでいた。いずれ二人は付き合うことになるだろうと思っていた。メリーランドのオーディション番組の出演が決まったのと同時に、鹿島をマネージャーにした。一年間のオーディション番組の間に、二人の距離は近づくのではないかと考えていたが、真面目な性格の二人は芸人とマネージャーで恋愛感情を持ってはいけないと考えたようだ。距離は、離れてしまった。社員になることを相談した時に「メリーランドの担当から外れさせてください」と、鹿島から言われ、かわいそうなことをしたと感じた。担当する複数組の芸人の中で、一組を特別視してしまうことに、苦しんだのだろう。

今は、インターバルの榎戸が好きなようだけれど、溝口のことを忘れたわけじゃないと思う。

女は前の男のことを引きずらないが、それは付き合った男の場合だ。片想いの相手のことは、なかなか忘れられない。一度でも溝口が鹿島を抱いていれば、忘れられた。

忘れられず、引きずったまま、鹿島は榎戸を好きになると決意した。その決意が彼女を大人にした。

いつまでも溝口君を忘れられない私、いつまでも津田に片想いをつづける野島、いつまでも夢を追いつづける芸人達、事務所の中には強い未練が渦巻いている。好かれることはないとわかっていながら、津田を好きでいる野島の気持ちが私にはよくわかる。好きでいつづけることは、諦めることよりもずっと楽だ。諦める辛さに耐えられなくて、私も野島も芸人達も自分は純粋だと思いこもうとしている。

想いつづけるのは、醜《みにく》いことだとわかっている。

現実に向き合えず、逃げているだけだ。

けれど、その醜さは目に見えるものではない。とっくに腐ってしまった感情だと思っても、捨てることはできない。

もう無理だとわかっていながら、いつか華を咲かせることを夢見ている。

夢を見る気持ちは、醜さを消せるほど、美しいと思う。

家に帰っても、誰もいない。

鍵はまだ、テーブルに置いたままだ。

合鍵を渡すような相手は、しばらく現れないだろう。

捨てるものでもないが、どこに置いておけばいいのか決められない。ただの合鍵ならば、宝石箱の中にでもしまっておくけれど、彼が十五年間持っていた合鍵だ。大切なものとして、扱ってはいけない気がする。私に何かあった時のために、事務員にでも持たせておくのがいいかもしれないと思っても、それも惜しい。溝口君のことがずっと好きでも、恋人である彼のことも愛していた。彼が使っていたものは、この鍵しか残っていない。

インターフォンが鳴る。

八時を過ぎている。

誰か来る予定もないし、宅配便も頼んでいない。

彼だ、彼が帰ってきたんだ。

追い返すための言葉を考えながら、インターフォンに応じる。

しかし、小さな画面に映っていたのは、小柄なおばさんだった。

ちんちくりんだ。

「何しにきたのよ？」

「遊びにきてあげましたよ」カメラに向かって、手を振っている。

「来なくていいわよ」

「そう言わないで、入れてよ」

「わかったわよ」エントランスのロックを解除する。

溝口君が亡くなってからしばらく、ちんちくりんとは会わなくなった。大学生になった溝口がうちの事務所でボランティアスタッフになった時に、久しぶりに電話をした。しかし、会おうとは思えなかった。私もちんちくりんも、思い出から目を背けている。二人で会ったら、溝口君の話ばかりになってしまうとわかっていた。溝口が新城と組んで研修生になり、初めて舞台に立つ日に、ちんちくりんはうちの事務所の劇場に来た。若い頃の面影を残したまま、おばさんになっていた。それからは、たまに会っている。過去のことではなくて、未来のことを話せるようになった。

玄関の前まで来たちんちくりんのために鍵を開ける。

「おじゃまします」

「どうぞ」

「別れたんでしょ」ちんちくりんは廊下を先に歩いていって、ダイニングテーブルにバッグを置き、椅子に座る。

「誰に聞いたのよ？」

「うちのかわいい息子から」

「ああ、そう。何か飲む？」

「お酒がいい。ワインがいいな」

「あんたに飲ませるワインなんてないわよ」

「たくさんあるじゃん。高そうなのが」のぞきこむようにして、台所を見る。

「しょうがないわね」

台所に行き、白ワインと生ハムを出す。

「他に食べるものないの？」

「ないわよ」私も、ちんちくりんの前に座る。

合鍵を端によけておく。彼が出ていってから、うちに人が来るのは初めてだ。いつもは誰かが来た時用の食べ物を多めにストックしているのだけれど、それを買いにいく気も起きなかった。

「落ちこんでるの？」笑いを堪えている顔で、私に聞いてくる。

「落ちこんでないわよ」

「落ちこんでるんでしょ？　私には、正直に話してくれていいのよ」

「落ちこんでないって言ってるでしょ」

人の失恋話が聞きたくて、わざわざ来たのだろう。ちんちくりんは看護師のくせに、人の傷口をえぐることを趣味としている。溝口君はこんな女のどこが好きだったのか、未だにわからない。

「何か食べにいく？　南部さんの奢りで」

「行かないわよ」

「ちゃんと食べなきゃ駄目よ」

「それを心配して来てくれたの？」

「まさか」声を上げて、笑う。

知り合った頃からよく笑う女だった。人をからかって笑い、溝口君の言うつまらない冗談に笑い、何がおかしいのか一人で笑っていることもあった。流産してしばらく笑えなくなってしまった彼女を笑顔にするために、溝口君は漫談家になろうと決意したのだろう。彼女と息子の笑顔を溝口君は何よりも大切にしていた。私との漫才を、最後に彼女と息子に見せたかったのかもしれない。

溝口君が何を考え、どんな気持ちで生きていたのか、それはもう確かめられないことだ。生きているうちに、もっと話をすればよかった。

「あんたは？　ちゃんと食べてるの？」私から聞く。

溝口が大学を卒業したのと同時に家を出たので、ちんちくりんも引っ越して一人で暮らしている。

「食べてるよ」

「自炊とかしてるの？」

「してる、してる」目を逸らして言う。

いくつになっても子供みたいなところがあり、嘘をつく態度がわかりやすい。

「それより、私のかわいい息子は元気にしてる？」ちんちくりんはワインを飲み、生ハムを食べる。

「元気よ。ちょっと前まで元気をなくしてたけど、最近はまた頑張ってるわ」

「元気なくしてたの？」真剣な顔になる。

息子の話になった時だけは大人になり、ちゃんとお母さんの顔をする。

「体調が悪いとかじゃないから、大丈夫よ。精神的な問題」

「精神的って？　何かあったの？　先輩にいじめられてるとか？」

「うちの事務所では、そういうことはありません」

「じゃあ、何？」

「今もまだカラ元気って感じね」

「ええっ、何があったの？」

「母親が知らなくてもいいことよ」

「何？　女？　また女関係で揉めてるの？　誰に似たのか、そういうところが本当に適当なのよね」

「前みたいに、何人もと付き合ったりはしてないみたいよ。そういうことができなくなったから、苦しんでるのよ」

「ふうん」

「私も本人から聞いたわけじゃないから、わからないけどね」

「気になるけど、これ以上は聞かないでおく」

「会いにいけばいいじゃない」

離れて暮らすようになってから、電話やメールはしても、会っていないらしい。ちんちくりんは、事務所のライブにも来なくなった。

「自立しようとしている時だから、もう少し我慢する。何かあったら、教えて」

「わかったわ」ワインを飲む。

いつも笑っているのがちんちくりんの強さだ。溝口君のお通夜でも告別式でも、必死になって笑っていた。私が知らないような苦労もあったはずだ。それでも、笑うことで、溝口君の人生を支えていた。今は、何も考えていないような顔で笑いながら、息子の人生を支えている。

洋食屋で最初に見た時にちんちくりんが着ていた白いワンピースも、黄色いカーディガンも、アイドルを真似た髪形も、全てが私の憧れだった。看護師として働く姿を尊敬している。彼女には敵わないとわかっていたから、私は努力できた。

ちんちくりんというライバルが、私を強くしてくれた。

「この鍵、あげるわ」合鍵をちんちくりんに渡す。

「なんで？」

「たまにでいいから、うちにごはん食べにきなさい。どうせ、自分では大したもの作れないんでしょ」

「いいの？」

「予定通りに帰ってこられないことも多いから、そういう時には、この鍵で入って。

私がいない時でも、ワインとか飲みにきていいわよ。仕事関係の人にもらっても、一人じゃ、飲みきれないから」

「ありがとう。南部さんにもしものことがあったら、私がすぐに助けてあげるから。専属の看護師がついたと思って」

「まだ、そんな歳じゃないわよ」

「でも、いつ何があるかわからないじゃない」

「そうだけど、私はまだまだ生きるわよ。まだ若いんだから」

「そうね。長生きしてね」

「やっぱり、鍵返しなさい」

「なんで？」

「新しい男を探すの！　その鍵は、彼にあげるんだから。あんたも、再婚でもしなさいよ」

「二人で、婚活でもする？」その気もないくせに、つまらないことを言って、また笑っている。

「医者、紹介しなさいよ！　医者！」

「南部さんに合う人なんて、いないよ」

「若いのがいい！　若いの！」

「いくつぐらい？」

「二十代！」

「そういうところは、おっさんの思考だよね」

「バカね。これからは、女も若い男を連れて歩く時代なのよ」

「うちの息子には、手出さないでね」

「出さないわよっ！」

話しながら、ワインを一本カラにして、二本目を開ける。生ハムだけでは足りないので、冷凍庫にあったピザを温める。

私もちんちくりんも、まだ若い。

これからも仕事をして、恋をして、生きていく。

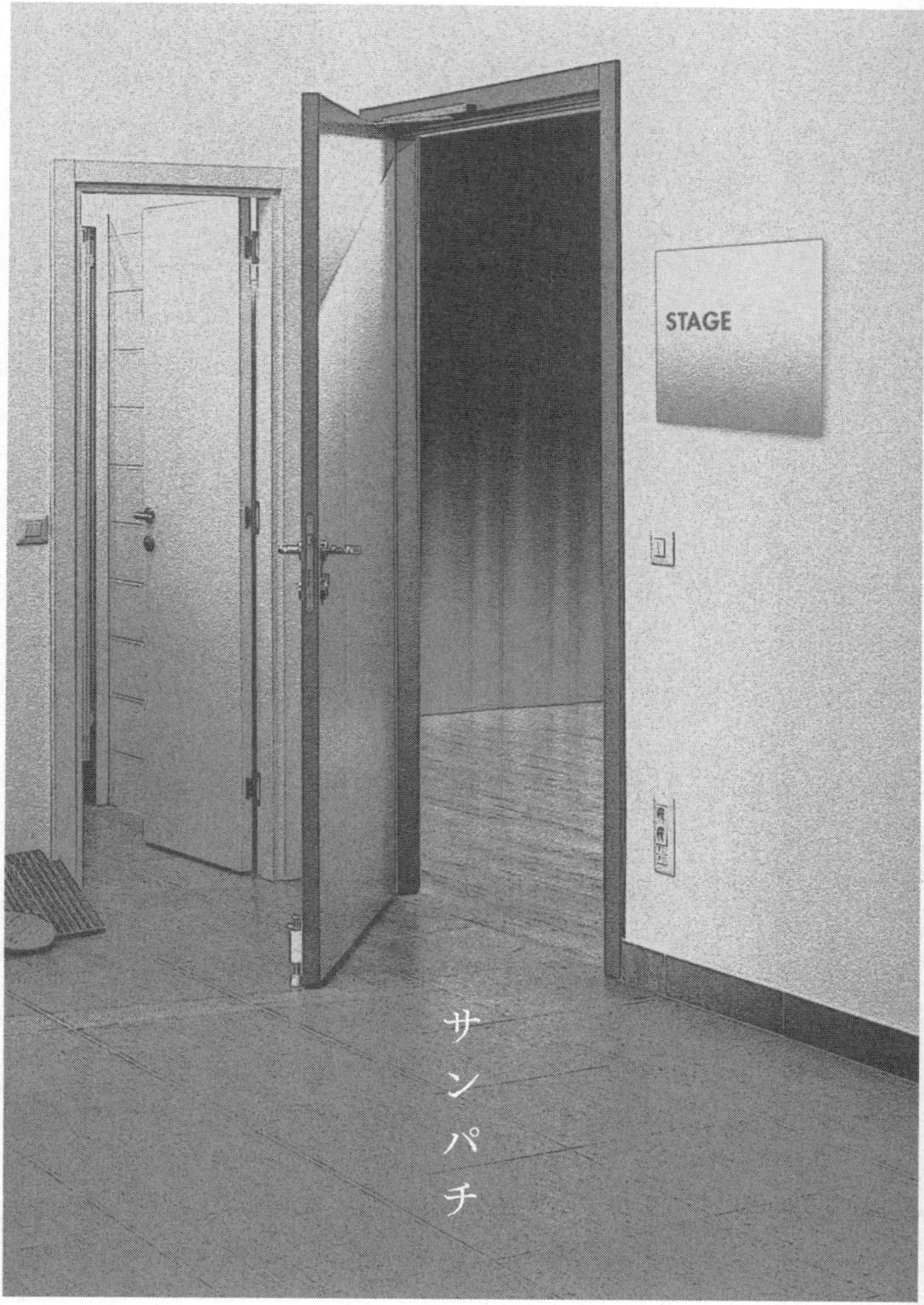
STAGE
サンパチ

大学を卒業して、一人暮らしを始め、一年が経った。

コールセンターと早朝のコンビニのアルバイトで、生活するのに困らない程度のお金は稼げている。母と二人で暮らしていた時から家事は一通りやっていたので、その点に関しても困ることはない。去年の春にオーディション番組で負けて、その後しばらくは南部芸能事務所のライブだけしか芸人の仕事がなかった。しかし最近は、深夜番組に出たり、他の事務所のライブにゲスト出演したり、地方の営業に呼ばれたり、少しずつでも仕事が増えてきている。二十代前半の芸人として、順調と言っていい方だと思う。

芸人の仕事だけで生活できるようになりたいが、ボクと新城には、まだその力がない。バイトをしながら、稽古をして、ライブに出させてもらい、力をつけていけばいい。

ボクの生活には、なんの問題もない。

そう思っていても、朝起きる度に、どう言えばいいのかわからない感情に襲われる。

苦しい、辛い、寂しいという感情が集まって黒い塊のようになり、常にボクの胸の中に浮かんでいる。その塊は、雲みたいに緩やかに動いて、形を変えていき、夜のうちにボクの胸から溢れ出す。朝起きると、目には見えない靄のようなものが部屋中に広がっていて、空気が重くなっていると感じる。重さをはねのけ、靄に気づいてもいないフリをして、ベッドから出る。

カーテンを開け、顔を洗い、洗濯機を回し、朝ごはんの準備をする。情報番組を見ながら、トーストを食べて、コーヒーを飲む。ワンルームアパートなので、ベッドに寄りかかるようにして、食事をしなくてはいけない。台所とリビングと寝室がひとつにまとまっているという状況が最初は嫌だったが、もう慣れた。一部屋で全てが済むというのは、効率的だ。朝ごはんを食べ終えたら、台所で歯を磨きながら、スマホでニュースやメールをチェックする。新城から深夜番組の収録に関することで確認のメールが来ていたので、返信する。洗濯ものを干し、着替えて、出かける準備をする。

何も考えないようにして動いている間に、部屋中に広がった靄のようなものは、黒い塊に戻って、またボクの胸の中に入ってくる。その塊も、見ないようにして、歩いて駅へ向かう。

今日は昼まで事務所で稽古した後、深夜番組の収録のためにテレビ局に行く。午前一時過ぎに不定期で放送されているネタ番組の収録だ。お客さんを入れての収録で、夕方には終わる。その後は、コールセンターのバイトに行き、朝まで働く。睡眠時間をとれないのはきついと感じるが、悪くはない一日だ。芸人の仕事があるというだけで、良い一日だと感じられる。

それでも、胸の中の黒い塊は消えない。

アパートから駅へ向かう途中に桜並木があり、毎日のように通る。昨日はまだ八分咲きという感じだったのに、一晩で満開になった。最近はくもりや雨の日が多かったが、今日はよく晴れている。うすいピンク色の花の隙間から、青い空が広がっているのが見える。絶好のお花見日和だ。収録とバイトの間で時間があいたらどこかで仮眠をとるつもりだったのだけれど、花見に行くのもいいかもしれない。コールセンターの近くに公園があり、そこにも桜並木がある。混んでいたとしても、一人で歩きながら見るくらいはできるだろう。

桜の花を見上げて考えながら、胸の中の塊が大きく膨《ふく》らんでいくのを感じる。黒い塊なんて本当は存在しないのに、圧迫されている気がして、息が苦しくなってくる。

ボクは「夢を目指して努力する若者」というやつだ。夢なんていう実体のないものを手にしようとしているのであり、苦しくて辛いのは当たり前だ。自分の望んだ通りにはならなくて、うまくいかないことの方が多い。将来のことを考えると、不安で眠れなくなる日もある。ライバルは数えきれないくらいにいて、自分が成長するためには悔しさなんて我慢して、彼らや彼女達の活躍を見つめなくてはいけない。それに耐えられないならば、夢なんか追わない方がいい。もっと楽な生き方があるだろう。

でも、この塊の大半を占めているのは、寂しいという感情なのだと思う。

母と離れて、一人で暮らしていることが寂しいわけではない。そんな情けない息子に育てられた憶えはない。一人で暮らす母が元気にしているか心配にはなるけれど、寄り添おうとするのは甘えでしかないだろう。いつかまた一緒に暮らすことになるかもしれないが、今は母から離れて暮らして自立するべき時だ。

友達が多いとは言えなくても、一応いる。コンビニの早朝バイトで一緒の役者を目指している女の子とか、コールセンターで席が隣になる脚本家を目指している男とか、仕事の合間に色々と話す。事務所の先輩と前はほとんど付き合いがなかったけれど、最近はたまにナカノシマの中嶋さんにごはんを奢ってもらい、相談に乗ってもらったりしている。中嶋さんの娘の友喜ちゃんについて、聞いたりもする。相方の新城とは、バイトの時間を調整し合ってできるだけ稽古の時間をとるようにして、毎日のように会っている。会わない日でも、電話かメールで連絡をとる。恋人と呼べる相手はいないが、たまに会ってデートする女の子は何人かいる。一人の時には、漫才の台本を書いたり、映画を観たり、本を読んだり、やらなくてはいけないことがたくさんある。

寂しいと感じる理由なんて、一つもない。

それなのに、そう考えれば考えるほど、胸の中の黒い塊は大きく膨らんでいく。溢れ出してしまわないように胸を押さえ、息を整える。

どうしたら寂しくなくなり、塊が消えるのだろう。

とにかく考えないことだ。

考えず、意識しないようにしていれば、黒い塊は大きくも小さくもならないで、ただ胸の中に浮かびつづける。

事務所に行ったら、事務員さんだけではなくて、鹿島さんもいた。

鹿島さんは、現場に行く前に確認することがあって寄っただけなのか、立ったままでパソコンを見ている。

「おはようございます」事務員さんと鹿島さんに、まとめて挨拶をする。

「おはようございます」二人から返ってくる。

事務員さんはボクの方を見たけれど、鹿島さんはパソコンを見たままだった。最近は、事務所で会っても、挨拶程度にしか話さない。今と同じように、目も合わないことが多い。意識的に避けられているのかと感じたが、鹿島さんは忙しすぎて、ボクのことなんてもう見えなくなっているのだろう。

「会議室、使っていいですか？」事務員さんに聞く。

「どうぞ」

奥にある会議室に入り、ドアを閉める。

カバンを机に置き、椅子に座る。

オーディション番組に出ていた一年間、鹿島さんはボクと新城で組むメリーランドの担当マネージャーだった。その時はまだ、鹿島さんは、ボクと新城と同じ大学生で、アルバイトとして南部芸能で働いていた。卒業して、鹿島さんは正社員になり、メリーランドの担当から外れた。鹿島さんは、ナカノシマのようにテレビに出ているタレントを主に担当することになったので、メリーランドのようにマネージャーが必要なほど仕事がないタレントの担当から外れるのは当然だ。誰の担当をしたいか、彼女が希望を言えることではなくて、社長やマネージメント部の上司が決めることだ。ボク達の担当から外れたのは、彼女の意思ではない。それなのに、裏切られた気がした。

鹿島さんがここでアルバイトを始めたのは、新城の紹介で、最初は事務員さんの手伝いみたいな仕事をしていた。一年近く経って、メリーランドとナカノシマの担当マネージャーになった。学生だし、現場に行かせるにはまだ早いとマネージメント部の部長からは言われたらしいが、社長が決めた。マネージャーになるように社長から言われた鹿島さんにも、まだ学生だからと迷う気持ちはあっただろう。でも、ボクと新城のために決断してくれたんじゃないかと思っていた。

一年間、慣れない環境で、鹿島さんはとてもよく働いていた。ボクの父は漫談家だったので、ボクは子供の頃から寄席に出入りして、テレビ局に連れていってもらったこともあった。けれど、父に連れられていくのと仕事として行くのとは、わけが違う。右も左もわからないという状態のボクと新城を、鹿島さんが引っ張ってくれた。マネージャーの先輩に教えてもらったり、テレビ局の人に話を聞いたり、ボク達の知らないところで勉強していたようだ。

レギュラー番組を持つために、オーディション番組で勝ちたいという気持ちは、もちろんあった。しかし、それ以上に、鹿島さんのために勝ちたいと思っていた。ゼミに出て卒論を書き、南部芸能で社員になるか他に就職するかも考えなくてはいけなくて、勉強やアルバイト以外にもやりたいことがたくさんあるはずの中で、一年間をボク達に使ってくれた鹿島さんのために、勝ちたかった。決勝を前にした頃には、レギュラー番組を持つという目標以上に、鹿島さんのためという思いがボクを支えてくれるようになった。自分のためと思うよりも、誰かのためと考えた方が頑張れて、鹿島さん以外に母や社長や事務所の人達のためとも考えられるようになった。

だが、勝てなかった。

勝ったのは、ナカノシマだった。

決勝の直後からナカノシマは、レギュラー番組の収録や打ち合わせ以外に、雑誌の取材や他の番組の出演依頼が入り、一気に忙しくなった。鹿島さんは、ナカノシマの専属マネージャーのようになった。メリーランドには何も依頼がなくて、ボクが引っ越しの準備をして、新城がやる気をなくして暇を持て余していた頃、彼女はスマホを片手に走り回っていた。大学の卒業式には、袴《はかま》を穿いてどうにか出席していたが、本当は髪の毛をセットする時間はなかったらしい。かわいいものが好きな鹿島さんは、髪に花飾りや大きなリボンをつけたりしたかったんじゃないかと思う。式の前に会って少しだけ話したが、帰ろうとした時には、どこにもいなくなっていた。女子の友達といるのだろうと思い、どこにいるのか知っていそうな人に聞いたら、式が終わるのと同時に走って帰ったということだった。

あの時に勝てていたら、鹿島さんはメリーランドの担当マネージャーのままだったのかもしれない。忙しくなったのがナカノシマではなくて、メリーランドだったら、鹿島さんはずっとボク達のそばにいてくれた。状況がナカノシマを優先させた。

卒業式の頃は、まだ鹿島さんはメリーランドの担当マネージャーだった。なのに、仕事がないボク達からは離れていくと感じていたら、社長からマネージャーの交替を告げられた。それからは、鹿島さんとは事務所で会ったら少し話すくらいになった。挨拶程度にしか話さなくなり、目も合わなくなり、芸人と担当マネージャーだったことも、大学の友達だったこともなかったかのようになっている。でも、ボク達の距離を広げたのは、もう一つの関係だろう。

南部芸能で鹿島さんがアルバイトを始めるよりも前、ボクは彼女に告白されて、はっきり断った。その後もしばらく、鹿島さんはボクを好きだったと思う。ボクも鹿島さんが気になるようになったけれど、担当マネージャーと芸人という関係になると、それは考えてはいけないことになった。考えてはいけないからといって、割り切れることではない。ボクは鹿島さんのことばかり考えるようになった。鹿島さんのために勝ちたいという気持ちの中には、恋愛感情が確かにあった。しかし、ボクの気持ちが強くなるのと同時に、彼女の気持ちは別の男に向かっていった。

相手は、大手の事務所に所属するインターバルの榎戸君だ。インターバルはオーディション番組では負けたが、若手の中で今一番売れている。毎日のようにテレビに出て、劇場のライブにも出つづけている。ボクが見つめなくてはいけないライバルだ。いや、ライバルなんて言えないくらいに遠くへ行ってしまった。インターバルが出ているライブを初めて見た時から焦りを感じていた。オーディション番組に一緒に出て、どうにか並べるんじゃないかと思えるようになった。彼らの負けが決定した時には、追い抜いたと思ってしまった。だが、その負けをバネにして、インターバルは誰も追いつけないくらい高いところまで跳びあがった。

鹿島さんと榎戸君が付き合っているんじゃないかという噂を聞いたのは、オーディション番組の決勝前だった。事務所で二人で話した時に、鹿島さんに確認したら、付き合っていると思える答え方をした。ボクの心は、その答えに動揺した。聞かなかったら、オーディション番組で勝てていたんじゃないかと思ったが、そんなことはないだろう。実力不足だったと、わかっている。卒業式の前に話し、榎戸君とは付き合っていないと鹿島さんから聞いた。事務所で話した時は、会話の流れからボクが誤解しただけだったようだ。鹿島さんは忙しいし、榎戸君はもっと忙しい。南部芸能のマネージャーと他の事務所の芸人が付き合うのは問題があるし、二人が会う機会もそんなにないと思っていた。二人に関する噂も聞かなくなり、安心していた。

ところが最近、鹿島さんと榎戸君の仲は近づいているようだ。

どこの誰が言い出したかもわからない芸人同士の噂話ではなくて、中嶋さんから聞いた。テレビ局で榎戸君と会うと、鹿島さんから恋心が溢れ出す。そして、いつも眉間に皺を寄せて考えごとをしている榎戸君は、鹿島さんと話す時だけは穏やかに笑う。二人を見て、ナカノシマの三人は、ときめきを感じているらしい。ナカノシマの三人としては、事務所や立場がどうとか気にせずに付き合えばいいと考えているが、二人の距離はくっつきそうでくっつかないところで止まっている。何かきっかけがあれば、すぐにくっつくだろうということだった。

中嶋さんは、ボクと鹿島さんがどういう関係か知らないわけではないが、過去のことだと考えているようだ。今、ボクが鹿島さんを気にしているなんて、考えてもいない。なので、飲みの席の軽い話題として、鹿島さんと榎戸君のことを話していた。

告白されたのは、大学二年生のバレンタインデーで、三年以上前のことだ。過去のことだと考えるのが普通だ。ボクだって、去年の今頃と同じように、鹿島さんのことが好きなわけじゃない。距離があくのに合わせ、気持ちも離れていっている。あと何ヵ月も経たないうちに、ボクも鹿島さんへの想いを忘れる。ボクと鹿島さんの関係は、南部芸能に所属する芸人と社員というだけの関係になる。いつかボクか鹿島さんが事務所を辞めたら、そのまま他人になり、全て忘れてしまうのだろう。

「おはよう」ドアが開き、新城が会議室に入ってくる。

「おはよう」

「鹿島に聞いた？」リュックを下ろし、机に置く。

「何を？」

「あいつ、一人暮らし始めたじゃん」

「ふうん」

「それで、引っ越しの時に去年の手帳も捨てちゃって、パスワード書いた紙もそこに挟んでたんだって」

「だから？」

「パソコンに登録してあるから大丈夫って思ってたら、それも消えちゃったみたいで、一人で大騒ぎしてんの」

「いつ？」

「何が？」

「その話、いつ聞いた？」

「今だよ。今、そこで、キャーキャー言ってたから」

ボクが来た時、鹿島さんはパソコンに向かって慌てているようには見えたが、騒いでなんかいなかった。新城には「助けて」とか言いながら話せることでも、ボクには話せなくて、黙っていたということだ。大学を卒業しても、担当マネージャーではなくなっても、鹿島さんにとって、新城は友達のままなのだろう。もともとボクと鹿島さんは、大学一年生の頃から同じカフェでアルバイトをしていた。新城と鹿島さんが仲良くなるよりも前から、ボクと鹿島さんは知り合いだった。告白という秘められた姿を見ている分、ボクの方が新城よりも鹿島さんを知っているはずだ。それなのに、ボクと鹿島さんの間には恋愛感情があるため、友達でもいられなくなった。

ボクの方から鹿島さんに話しかければいいのかもしれない。そう思ったこともあったが、わざとらしくなってしまい、余計に距離を感じた。無理せずにいれば、いつかまた自然と話せるようになる日が来ると思っていたけれど、離れていく一方だ。

「いつから一人暮らししてんの？」新城に聞く。

「誰が？」

「鹿島さんが」

「もう二ヵ月近く経つんじゃん。三月になると引っ越し代高くなるからって言って、二月の半ば頃に引っ越したから」

「そうなんだ」

そんな話、全く知らなかった。

引っ越そうと考えているらしいという話は、去年の終わり頃に新城から聞いた。家具や家電を誰かからもらえないか、ナカノシマの三人にも相談していたようだ。ボクのところにも相談に来るかと思ったのに、来なかった。そこまでで、情報が止まっている。

「鹿島もいよいよ男作って、部屋に呼んだりしちゃうようになるんじゃないの」

「そんな時間ないだろ」

「こういうのは、時間の問題じゃないんだよ。恋人のためだったらいくらだって、時間はつくれるんだから。溝口も、そろそろ彼女作った方がいいぞ。いつから彼女いないんだよ?」

「うるせえな。彼女いなくても、遊ぶ女ぐらいいるんだよっ」

「遊ぶ女って、なんだ?」

「メシ食いにいったり、お互いの部屋に行ったり、そういう女だよ」

「お前は、またそういうことをしているのか?」

「二十代前半の男が、女なしで耐えられるわけないだろっ」

本気で鹿島さんを好きならば、耐えるべきだとわかっている。でも、耐えられず、コールセンターのバイトで知り合った女の子と遊ぶようになってしまった。彼女達も、真剣にボクを好きなわけではない。遊ぶのにちょうどいい相手を探しているだけだ。自分も同じことをしているくせに、好きでもない男と遊ぶ彼女達が汚く見えた。ボクに告白してきた時、鹿島さんは子供のようにまっすぐな目をしていた。その目に気持ちが揺らいだから、はっきり断らなくてはいけないと感じた。

「まあ、そうだよな。でも、ほどほどにしておけよ」新城は、リュックからペットボトルを出して、お茶を飲む。「オレ達は、芸能人なんだからな。深夜番組にたまに出ているだけでも、芸能人なんだ。それに、そういうことをしていると、感覚が鈍《にぶ》るだろ」

「ああ、うん」

感覚が鈍るというのとは、少し違う気がする。鋭い痛みが怖くて避けているため、鈍い痛みがずっとつづいている。治療せずに放置して、痛みがあるのが当たり前になっている。それはたまに、鋭く痛む。

「遊ぶのも大事だとは思うから、どうするのがいいかわかんないけど。とりあえず、オレはもう女遊びはできないから、溝口にそれは任せるっていう気もするし」

「女遊びしようと思えば、できるんじゃないの。合コンの誘いとか、多いだろ？　この前、収録終わりで、アシスタントの女の子に連絡先聞かれてたよな？」

「全部、断ってるよ。オレは、美沙と婚約したんだからな」

「大変なことしちゃったな」

新城は、彼女の宮前さんと大げんかした結果、別れるのではなくて、婚約することを選んだ。宮前さんは芸能人になれるんじゃないかというくらいの美人で、大学の成績も良くて、いい会社に就職した。はっきりものを言うタイプで、自立心が強く見えたのに、夢は新城のお嫁さんらしい。すぐに結婚するわけではなくても、婚約だけして、去年の終わりにお互いの家族が集まって食事会をした。覚悟を決めて、新城はまず彼女の夢を叶え、自分の夢も叶えることにしたようだ。婚約してからの新城は、男らしくなったと評判だけれど、プレッシャーに押しつぶされそうになっていることをボクは知っている。

「それが正しいと思ったんだけど、もっと遊びたかったなあ」新城は、泣きそうな顔で言う。

「十八歳の時から宮前さん以外と付き合ってないんだよな？」

「そうだよ」

「うちの両親もそういう感じなんだよな」

父と母は、高校の同級生で、卒業して一年経った頃から付き合いはじめたらしい。結婚するまで山あり谷ありだったと母は話していたが、詳しいことは教えてくれない。何があったのか聞くよりも前に、父は亡くなった。

「オレが死んだら、美沙はどうするんだろう」

「えっ？」

「そういうことを考えると、一番好きな女とだけいるべきだって思うんだよ。今は大学生の頃みたいに会えなくても、結婚して同じ家に暮らすようになればずっと一緒にいられる。でも、その時間は自分達が思っているよりも短いかもしれない。たとえ何十年一緒にいられても、短い気がする。だから、美沙のためにできるだけのことをしたい」

　さっきまでふざけて泣きそうになっていたのとは、別人のように、新城は真面目な顔になる。

「ボクだって、そう思ってはいるよ」

　信頼し合っている両親を見て、二人のようになりたいと考えていた。その相手は、鹿島さんだと思っていたが、違ったんだ。二十歳くらいから一人だけを愛して、一生を添い遂げるというのは、ボクがまだ若いから思い描いてしまう理想でしかないのだろう。鹿島さんがボクを忘れて榎戸君を選んだように、ボクもいつか鹿島さんとは違う女の子を好きになる。鹿島さんの前に好きだった人のことを思い出すことはあっても、あの頃と同じ気持ちで好きだとは感じられない。

「榎戸君に鹿島取られちゃったもんな」真面目な顔から一転して、新城は笑う。

　鹿島さんへの気持ちを新城に話したことはないが、わかっているだろう。

「うるせえなっ！　稽古するぞ」

　立ち上がり、稽古しやすいように、机と椅子を端に寄せる。

　とにかく今は、仕事をするしかない。

収録に予定より時間がかかり、テレビ局から出ると、夜になっていた。

昼間は晴れて暖かかったのに、風が強くなってきていて少し寒い。空は、雲に覆われていた。明日は、雨が降るのかもしれない。

「この後、どうすんの？」新城がボクに聞く。

マネージャーは同行していないので、二人でテレビ局に来た。オーディション番組に出ていた頃はマネージャーの鹿島さんがいないと不安だったが、最近は二人だけでも大丈夫になった。何度も来るうちに、迷路のように入り組んだテレビ局で迷うこともなくなったし、局内にも他の事務所にも知り合いが増えたので、問題が起きてもどうにかなる。

「バイト」

「そっか」

「新城は？」

「帰る」

「宮前さんと会うのか？」

「平日は会わない。向こうも仕事忙しいみたいだし」

新城のお嫁さんが夢でも、宮前さんは婚約した後も仕事をつづけている。宮前さんを養えるほど新城は稼いでいないし、結婚後も宮前さんが家計を支えることになるのだろう。今はまだ一緒に暮らしているわけではないから、平日はなかなか会えないようだ。

「死ぬなよ」

「えっ？　何？　どうした？」前を向いて歩いていた新城は、ボクの方を見る。

「ああ、ごめん。なんか、急にそんな感じがしたから」

「なんだよ。そんな感じって？」

「……わかんないけど」

「怖いこと言うなよ」笑いながら、また前を向く。

駅に向かって歩きながら、今日のネタのことや来週の南部芸能事務所主催ライブのことを話す。

たまに、父と新城の姿が重なることがある。新城と宮前さんの関係が父と母に似ているからというだけではないと思う。仕事が終わって、こうして新城と歩いていると、父にテレビ局に連れてきてもらった時のことを思い出す。父の知り合いに会うと、「お父さんの若い頃にそっくり」と、言われる。自分でも、父に似てきたと感じることはよくある。見た目だけではなくて、喋り方も、今のは父と同じだったとたまに感じる。ボクと新城は背格好は同じくらいでも、顔の系統は全然違う。つまり、父と新城の見た目が似ているわけではない。けれど、性格は似ているかもしれない。普段の新城は、騒がしくて子供っぽいだけだ。だが、仕事の後は、疲れているからか、穏やかに話す。その話し方の中にある優しさやボクを気遣ってくれる気持ちが、父と似ている。

横顔を見ていると、父と同じように、新城もいなくなってしまうんじゃないかと感じる。

「じゃあな」

「じゃあ」

反対方面に帰る新城と駅で別れる。

階段を上がってホームへ行くと、正面に新城がいるのが見えた。新城はホームの隅に立ち、リュックからスマホを出す。そのままずっとスマホを見ていて、ボクの方は見ない。

毎日のように一緒にいても、新城とは友達ではない。

苦しいとか、辛いとか、ボクと同じように新城も感じているはずだ。でも、その感情をお互いの前で出すことは、ほとんどない。オーディション番組に出ていた頃や負けが決まった後は、少し話したが、最近はボクも新城も何も言わなくなった。二人でいる時は、ネタの相談をして、鹿島さんや宮前さんやナカノシマの三人のことを少し話すくらいだ。電話やメールは、仕事の連絡だけだ。コンビを組もうと誘ってきたのは新城だけれど、この世界に新城を引き留めているのはボクだという気がする。ボクが新城に愚痴みたいなことを言う権利なんてない。新城が後ろ向きになってしまったとしても、ボクは前を向きつづける必要がある。

ボクの方の電車が先に来たので、乗る。

コールセンターはここから三駅先にある。

バイトまで時間があるから歩けば良かった。バイトの交通費は出るが、芸人の仕事の交通費は自腹が基本だ。節約できるところは、少しでも削るべきだ。芸人の中には、どこに行くにも自転車という人がいる。ボクと新城もそうしようかと思ったことはあったが、ママチャリのちょっといいやつみたいな自転車では、毎日の移動に耐えられないだろう。いい自転車は高いし、深夜や早朝までかかる収録の後に自転車で帰るのは危ない気もしたので、徒歩と電車やバス移動を基本とすることにした。でも、電車賃は高いから、どうにかしてもう少し節約したい。

考えているうちに、コールセンターのある駅に着いた。

一時間くらいあくから、桜並木のある公園へ行く。

風が強くなってきたので、花見をしている人はそんなにいないんじゃないかと思ったが、桜の木の周りを埋めつくすほどの人がいた。明日雨が降ったら散ってしまうから、今日のうちに意地でも花見をしておきたいのだろう。どこかの会社の花見みたいなのが多くて、青いシートにスーツ姿の人達が座りこんでいる。ビールを配ったり、買い出しに走ったりしている若手は、ボクと同い年か少し上くらいのはずなのに、ずっと上に見える。ボクは芸人を本業としていても、フリーターみたいなものだ。会社勤めの人達が感じている苦労は、ボクにはわからない。安定した給料をもらえていて、将来に吐き気がするほどの不安を覚えることはなくても、彼らには彼らの苦労がある。

大人になるというのは、夢があっても夢がなくても、楽ではないんだ。そして、会社勤めをしているからと言って、夢がないわけではない。大学の友達は、ボク達と同じように、夢を叶えたくて就職した。

できるだけ人とぶつからないように、青いシートを踏まないようにしながら歩かなくてはいけないから、落ち着いて桜を見ていられない。

ベンチの隅が一人分だけあいていたので、座る。

ぼうっと、桜を見上げる。

去年の春は、オーディション番組に落ちて、大学を卒業して、一人暮らしをはじめ、落ちこむ気持ちを引きずりながらも、慌ただしく過ごしていた。引っ越し関係の手続きをして、新しいバイトも探さなくてはいけなくて、桜を見る暇もなかった。その前の春は、オーディション番組の出演のために、稽古をつづけていた。更に一年前の春になるよりも前に、鹿島さんをふった。それより一年前は、まだ芸人になっていなくて、その時に好きだった女の人の部屋から桜を見た。新城に誘われ、南部芸能の研修生になったのは、その年の七月だ。

四年近い月日は、一瞬と思える速さで過ぎていった。

思い出はたくさんあるのに、何かをやり遂げたという感覚がない。

何もできなかった。

できることも、やるべきことも、もっとあったはずだ。

強い風が吹き、桜の花びらが一斉に舞う。

砂埃《すなぼこり》が上がったため、目をつぶる。

何か倒れたような音が聞こえて、どこか遠くで女の人が悲鳴を上げた。

目を開けると、正面に榎戸君が立っていた。

「久しぶりだな」榎戸君が言う。

「……久しぶり」

隣に座っていた女の人は榎戸君に気がついたみたいだけれど、騒いではいけないと思ったのか、興味がないのか、「あっ！」と驚いた顔をしただけで何も言わなかった。それよりも、遠くで何が倒れたのか、気にしているみたいだ。

「何してんの？」周りなんか気にせず、榎戸君はボクだけを見ている。

彼は、集中力が高くて、目の前のもの以外を見ないということができるのだと思う。もともとの才能なのか、そうするように自分を鍛えたのかはわからない。でも、それができるのは、彼が選ばれた人間である証拠だ。普通の人は、人間関係や日々の生活、様々なことに惑わされてしまう。榎戸君がそういうことを無視して生きても、周りの人がどうにかしてくれる。鹿島さんは榎戸君と付き合うようになったら、南部芸能を辞めて、彼のためだけに生きるようになってしまうかもしれない。

「花見」

「ふうん」

「榎戸君は、何してんの？」

「ロケの帰り」隣の女の人が立ってあいたところに、榎戸君は座る。

榎戸君の相方の佐倉君と新城は、仲がいい。オーディション番組に出るより前は、しょっちゅう会っていた。会わなくなった時期もあったようだけれど、最近はまた飲みに行ったりしているようだ。新城は、仕事に対する苦しさや辛さを佐倉君には話しているんじゃないかと思う。相方同士が仲良くしていても、ボクと榎戸君はほとんど話したこともない。基本的に、榎戸君は他の事務所の芸人とは楽屋で話さない。番組のコーナー内で、話したぐらいだ。ボクのことを憶えているとも、思っていなかった。

なんのために、榎戸君は、ボクの隣に座ったのだろう。

胸の中で、黒い塊が大きく膨らむ。

榎戸君は何も言わないで、桜を見上げている。

周りの人達が榎戸君に気がつき、指をさしたり、小声で何か言ったりしている。あまりにも堂々としているからか、声をかけてくる人はいなかった。ボクもオーディション番組に一年間出ていたし、今もたまに深夜番組に出ているけれど、町を歩いていて気づかれたことはほとんどない。事務所の近くで、高校生の女の子に声をかけられたぐらいだ。

桜よりも榎戸君を見ている人の方が多くなってきている。しかし、榎戸君は全く気にしていないみたいで、落ちてくる桜の花びらを摑もうとしている。彼をここに一人残して帰り、騒ぎが起きたとしても、ボクにはなんの責任もない。話すこともないし、帰ってしまいたいが、それはいけないことに思える。一緒にいたくなくて逃げるようだという考えもあるけれど、それ以上に迷子を見つけた時の心境に近い。子供みたいな顔をして、桜の花びらに手を伸ばしている榎戸君を見ていると、ちゃんと世話をしなくてはいけないという気持ちになる。

もっと嫌な奴だったら、良かったんだ。

わがまま、生意気と榎戸君のことを言う人もいるけれど、全てが許されるだけの才能が彼にはある。そして、才能に甘えず、努力もする。人気が出ても、調子に乗ったり、女遊びしたりしないで、努力しつづけている。

こうすると決めても、その通りにできない人の方が多い。言い訳して、どうにかしてサボろうとする。榎戸君は、自分の決めたことを決めた通りにできる人だ。私生活は崩壊していると言われているけれど、仕事に関しては言い訳なんてしないだろう。

彼の方が年上だったら、ああなりたいと憧れることもできた。でも、ボク達は同い年だ。彼のようにはなれないと、常に見せられている気がする。

「この前、南部芸能のライブに行った」榎戸君が急に喋りだす。

「えっ？」

「毎月じゃないけど、たまに行ってる」

「そうなんだ。あのさ、話すなら、違う場所に行かない？」

「なんで？」

「見られてるから」

「……見られてる？」首を傾げた後で、周りを見る。「おれは気にならないからいい」

「ああ、そう」

ボクは気になるのだけれど、それを言ったら負けという気がした。何も気にしない彼のために、ボクが気を遣うという関係ができてしまう。

誰も声をかけてこないし、しばらく見て満足したのか、周りにいた人達は、花見に戻っていった。酔っ払いがからんできたりしたら、逃げればいいだろう。

「最近、受付に鹿島さんがいない」

「鹿島さんはマネージャーだから。担当する芸人も、ライブに出てないし」

事務のアルバイトだった頃、鹿島さんはライブの受付も担当していた。メリーランドとナカノシマの担当マネージャーだった間は、ボク達がライブに出る時には、受付の手伝いをしていた。

「鹿島さんは、溝口君が好きなんだろ？」

「はあっ？」

「佐倉が言っていた」

「ああ、そう」

佐倉君は、新城に聞いたのだろう。

「付き合うのか？」

「鹿島さんがボクを好きだったっていうのは、もう三年も前のことだから」

「そうなのか」驚いたのか、榎戸君はボクを見る。

「そう」

「でも、今も好きっていうことは？」

「ない」

「そうか」嬉しそうな顔をして、また桜を見上げる。

榎戸君からも、鹿島さんへの恋心が溢れ出している。男と付き合ったことのない鹿島さんと同じくらいではないとしても、榎戸君も恋愛には疎《うと》いのだろう。でも、いつか必ず、二人はお互いの気持ちを知る。溢れ出した恋心の中には、それだけの強さがあるように思えた。

「鹿島さんのことが聞きたくて、声をかけてきたの？」ボクから聞く。

「いや、違う」首を横に振る。

「じゃあ、何？」

「溝口君と話してみたかったから」

「なんで？」

「オーディション番組で一緒でも話せなかったし、その後は会わなくなったから、どうしているのかと思って。南部芸能のライブに行っても、楽屋とか入れないし」

「楽屋、来れば。榎戸君の事務所の劇場みたいに、ちゃんとした楽屋はないけど」

「行っていいのか？」

「いや、どうだろう」

新城や他の芸人は、榎戸君が来れば喜ぶだろう。しかし、社長が騒ぐかもしれない。社長は、鹿島さんのことを気に入って、かわいがっている。榎戸君と鹿島さんをくっつけようとして、余計なことを言いそうだ。

「どっちなんだよ？」

「次に来た時は、受付でボクか新城を呼んで」

「わかった」

「それで、何を話してみたかったの？」

新城や佐倉君は、特に話したいことがなくても、色々な人と仲良くするタイプだ。友達も多いし、先輩にかわいがられている。ボクや榎戸君は、そういうタイプではない。話してみたいと感じる相手には、何について話したいという具体的なテーマがある。

「どうして南部芸能に入った？」

「南部社長ともともと知り合いだから。ボクの父は、社長の友人で、南部芸能に所属する漫談家だった」

「それとこれとは別問題というやつじゃないか？」

「別問題じゃない。ボクは、子供の頃から社長にお世話になってきた。その恩を返したい」

「そういうことでもないだろ？」

「まあ、そうだな。でも、理由を言うとしたら、そういうことだよ。榎戸君達が所属する事務所の養成所に入ろうか考えたこともあるし、他の事務所も調べた。でも、新城に引っ張られるようにして、南部芸能事務所に入ることを決めた。その時、新城は芸人のことなんて全くわかっていなかったから、新城の中に南部芸能以外の選択肢はなかった。それでも、ボクが引き留めることはできた。引き留めなかったのは、それが自然な選択だと思えたからだ」

「そうか。おれも最終的には、佐倉の弟が養成所の案内を持ってきたのを見て決めたから、同じようなもんだな」

「うん」

「でも、メリーランドは、南部芸能にいる場合じゃないんじゃないかって思う」

「どうして？」

「ライブ見て、そう思った」

「ライブのどこを見て？」

「全体。うちの事務所のライブは、デビュー時期や人気が同じくらいの芸人が出る。だから楽しくやっているように見せても、ライバル意識は常にある。一緒に出ていた芸人が、翌月にはワンランク上のライブに出ていたり、ワンランク下のライブに出ていたりする。ランクが発表されるわけじゃなくても、自分がどれくらいのところにいるのかわかる。いつまでもランクが上がらない芸人も多いし、前説しかできない芸人もいる。そのまま辞めてしまう芸人もいる」

「うん」

「南部芸能のライブは、所属芸人のほとんどが出ているから、そういうランク付けはない。津田さんやナカノシマみたいにテレビに出ていてスケジュールが合わない芸人が出なくなるぐらいだ。保子師匠やテネシー師匠みたいな寄席でしか見られない大御所もいるし、若手もいる。狭い劇場でも、ライブとしての完成度は高い。でも、勝負の場ではない」

「ああ、それは……」

南部芸能の芸人は、全員が仲がいい。ナカノシマと一緒にオーディション番組に出た時は、気まずく感じたこともあった。津田さんとナカノシマは同期で、先に津田さんが売れたから、ナカノシマの三人は津田さんを避けた時期もあったようだ。でも、榎戸君の所属する事務所みたいに人数も多くないし、ライバル意識というほどの強い感情はない。若手は劇場の設営やライブの進行もやらなくてはいけないので、スタッフとして親しくしている。

「おれは最初にメリーランドを見た時に、ライバルが出てきたって感じた。溝口君を見てもそう思ったし、新城君に対してもそう思った。オーディション番組中もそう思っていた。でも、最近は、全く思わない」

「それは、インターバルが売れているから」

「そういうことじゃない。おれ達は、今は順調に仕事をもらえていても、一瞬で落ちる可能性はある。それに、そういうことでライバルかどうかなんて、決めない。おれが見て、どう思ったかだ」

「そう」

売れているインターバルを見て、ライバルなんて言えないくらいに遠くへ行ってしまった、と考えた自分が情けなくなる。

「原因は、新城君じゃなくて溝口君にある」

「なぜ？」

「おれと佐倉だったら、佐倉の方が芸人に向いていていない。でも、佐倉の方が芸能人に向いている。佐倉に、才能のある相方がいていいなとか嫌味を言う奴がいるらしい。けど、佐倉がいなかったら、おれは芸能人になれなかった。佐倉をより一層輝かせるために、おれがネタを考える。輝いている佐倉の光を浴びて、おれも芸能人になれる。メリーランドだって同じはずなのに、新城君は一人で輝こうとしている。それじゃ、駄目だろ」

「ああ、うん」

「メリーランドには、南部芸能よりも広いところに出てきてほしい」

言い返したいのに、何も言えない。

榎戸君は、ボクに嫌な思いをさせようとして、話しているわけじゃない。オーディション番組で負けてからの一年間、ボクと新城のやってきたことは間違いだったのだと、言いにきたんだ。彼は、心の底から、メリーランドにがっかりしている。

「なんのために漫才をやっているんだ？」榎戸君は、ボクを見る。

「えっと、それは……」

考えても、答えが出てこなかった。

ボクが答えられないままでいると、榎戸君は立ち上がり、帰っていった。


子供の頃、看護師の母が夜勤でいない時、父とボクは遅くまでテレビを見ていた。ドラマやニュースは見ないで、バラエティ番組ばかり見ていた。見たい番組がない時には、ネタ番組のビデオをテープが擦り切れそうになるまで、繰り返し見た。漫談家になっても、南部社長と漫才師になる夢を捨てられないでいる父の横顔を見ながら、ボクも漫才師になりたいと思った。

サンパチマイクの向こう側に立つことがボクの夢だった。

夢見た場所に今は立てている。

それなのに、なんのためにやっているのかがわからない。

鹿島さんのためではなかったはずだ。新城のためでも、社長のためでも、母のためでもない。お金を稼ぐためでもない。ライバルに勝ちたいからでもない。

なんのためなんて決めなくていいとも思う。

でも、それでは、今いるところに留《とど》まってしまう。

ボクと新城は一年間、負けを認められずにいた。前向きに努力しているようなフリをしながら、立ち止まっていた。新城には、宮前さんのためという目標があるが、それはメリーランドの目標ではない。

目標を決め、方向を定め、前に進むべきだ。

けれど、その目標が見えない。


新城が脚立に上がり、手早く照明を取りつけている。

今日は、南部芸能事務所のライブだ。会場の設営は、ボク達若手の仕事だ。前はナカノシマを中心にやっていたが、最近はボクと新城を中心にやるようになっている。ボクも新城も、もともとこういうことは得意なので、回を重ねるごとに段取りが良くなってきている。新城なんて、外部から来てもらっている照明スタッフさんより頼りになる。

「どうした？」脚立から下りた新城がボクの方に来る。

「手早くできるようになったなあと思って」

「そうだな」

「この前、榎戸君と会った」

「いつ？」

「一週間くらい前。深夜番組の収録の後」

榎戸君と会ったことを新城に言えずにいた。言わないままでいようと思っていたが、榎戸君と話したことで頭がいっぱいになって、限界だった。誰かに話さなくては、漫才をつづけられなくなる気がした。なんのためか答えられないボクに、漫才師でいる資格はないように思えた。

「何、話した？」

「なんか、うちのライブをバカにされた」

「えっ？」新城は、眉間に皺を寄せ、怒ったような顔になる。

「バカにされたって言うと、違うんだけど」

ここで話しても、うまく説明できる気がしなかった。

「ちょっと外行こう。設営は、オレ達がいなくても大丈夫だから」

新城は、ちょっと抜けますとそこにいる全員に向かって言い、劇場から出ていく。ボクも、抜けさせてもらいますと言ってから、劇場を出る。非常階段に出て、並んで階段に座る。榎戸君と話したことを新城に細かく伝える。

「そんなことがあったのか」最後までボクの話を聞いてから、新城が言う。

「佐倉君からは、何も聞いてない？」

「聞いてない。最近は会っても、仕事の話はあまりしない。佐倉君が大変そうだから、息抜きっていう感じ」

「そっか」

辛く苦しいということを、新城は佐倉君に話していないんだ。ボクが勝手にそう思っていただけだった。

そう考えたら急に、涙がこぼれ落ちた。

「どうした？」新城は驚いた顔をして、立ち上がる。「どうしたんだよ？　なんで泣いてんだよ？」

バカにされるかと思ったのに、心配そうにしていた。新城は座り直し、ボクの顔をのぞきこんでくる。

「どうしたんだよ？　榎戸君に、他にも何か言われたのか？」

「違う」堪えようと思っても、涙が止まらなかった。「辛いんだよ、苦しいんだよ。でも、それがなんでかわかんないんだよ。毎日毎日憂鬱になるくらい、辛くて苦しいのに、なんのために漫才をやっているのかもわからない。努力しなきゃいけないから努力しているだけで、それで何かいいことがあるとも思えない。ボクは、榎戸君みたいになりたかった。天才って言われて、順調に仕事をして、漫才のことだけ考えていればいい。榎戸君には、榎戸君の苦労があるってわかってる。でも、羨ましいって感じる気持ちは、止められない。その気持ちを押しこめて、自分は自分って言い聞かせている。どんなに頑張っても、榎戸君のようにはなれない。せめて、鹿島さんが好きになったのが他の男だったらよかったんだ。他の、ボクの知らない男だったらよかった。ボクの欲しかったものを榎戸君が全て持っていってしまう」

「そうか、そうか」新城はそれだけ言い、ボクの肩を軽く叩《たた》く。

「けど、そういうことじゃないってわかってるんだ。榎戸君が悪いわけじゃない。榎戸君は、ボクと新城をライバルと認めて、気にしてくれている。それに応えられないことが辛い。インターバルもナカノシマも先へ進んでいくのに、メリーランドはどこにも行けずにいる。その原因は新城じゃなくて、ボクにある」

「そんなことは、ないよ。溝口はオレよりずっと努力してる」

「努力するだけじゃ、駄目なんだ。それに、なんのために努力してるのかも、もうわからない」

「なんのためとか、考える時じゃないんじゃないか？」

「えっ？」シャツの袖で涙を拭いて顔を上げる。

「はい」ベルト通しにぶら下げたポーチを開け、新城はポケットティッシュを出す。

「ありがとう」一枚もらい、洟《はな》をかむ。

「最初の時と逆になったな」

「ああ、そうだな」

大学二年生の夏休み前、新城はボクのアルバイト先に来て、鼻水を流して泣きながら、「お前と一緒に漫才がやりたいんだよ」と、ボクに言った。

「溝口が泣くなんて、今日は記念日だ」新城は、笑う。

「お前の方が泣いてたからな」

「記憶にございません」

「あの時、人のバイトの制服に鼻水つけたよな」

「そうだっけ？」

「そうだよ」

「まあ、それはどっちでもいいとして。オレも、辛いし苦しいし、なんのためにやってるんだろうって、思っちゃうことはあるよ。でも、それはもっと先で考えるべきことなんだと思う。今は止まっているように感じても、仕事は増えてきているし、少しずつ前に進んでいる。なんのためっていうのは、そうやって進んでいった先で見えることなんじゃないかって思う。というか、なんのためという地点を通り過ぎたところで、これのためだったんだって気づくんじゃないか。オレは、高校を卒業するまでサッカーをやっていたんだけど」

「知ってる。っていうか、新城のたとえ話は、いつもそれだな」

「いいから、聞け」

「聞くよ」

「中学に入ったぐらいで、プロにはなれないってわかったけど、それでもつづけた。限界が見えていても、高校三年で部活を引退するまで、辞めなかった。夏場の練習とかグラウンドに立っているだけでもきついし、サボりたいって何度も思って、たまにサボった。その時は、なんのためにやっているんだろうって思ってた。なんのためだったのか、最近なんとなくわかるようになった。うまくなりたいとか、勝ちたいとか、女の子にもてたいとか色々あるけど、単純にサッカーが好きだったんだよな。サッカーをやりたかったからつづけた。それだけだ」

「うん」

「オレは、溝口と漫才をするのが好きだから、一生つづけていきたい。ナカノシマや津田さんを尊敬しているし、社長のことも好きだから、南部芸能を選んで良かった。何もわかってなかったオレを拾ってくれた社長に恩返しをしたい。プロの漫才師だから、それだけでは駄目だ。けど、目標を決めるっていうのも、違う気がする。榎戸君も別に、目標を聞きたかったわけじゃないと思う。かばうみたいに聞こえるかもしれないけど、榎戸君も榎戸君で苦しいし、悩んでんだよ。なんのためかなんて、榎戸君もわかっていないから、溝口に聞きたかったんじゃないか。南部芸能を批判したかったわけでもないと思う。保子師匠やテネシー師匠は大御所と呼ばれているからって、手を抜くような人じゃない。充分な勝負の場だ。自分達の事務所にはないタイプのライブについて知りたかったんだよ。それときっと、溝口と友達になりたかったんだと思うぞ」

「それは、ないだろ」

「あるって。そういうの、うまく言えそうにない感じするじゃん」

「まあ、そうだな」

今度、榎戸君と会えたら、もっと色々なことを話してみよう。

「あとさ、しんどい時は、さっきみたいになるまで耐えないで、オレに話せよ」

「いや、新城は、ボクに何も言わないから」

「だって、溝口は、オレが本当に駄目になるより前に気づいてくれんじゃん。去年の春、大学卒業して美沙とけんかした時だって、オレが何も言わなかったのに、溝口は気づいてくれた。励ましてくれたわけじゃなくても、気づいてくれただけで、安心できた。オレも溝口が悩んでんじゃないかとか考えて気にしてはいるけど、よくわかんないんだよ。だから、もっと話してほしい」

「ごめん」

「気づけないオレが悪いんだから、お前が謝るな」

「いや、でも……」

「鹿島のことだって、そんなに悩んでるとは思わなかった」

「ああ、うん」

鹿島さんのことまで話してしまったことが恥ずかしくなってくる。

「鹿島に、溝口の気持ちを言えばいいじゃん。鹿島と榎戸君は付き合ってるわけじゃないし、まだチャンスはあるかもしれない。今日、鹿島来てるはずだから、呼んできてやろうか」

「えっ？　いいよ」

「呼んできてやるって」新城は立ち上がる。

「余計なことはするなっ」

「オレが余計なことをしなきゃ、お前は動かないだろっ！」振り返ってそう言い、ポーチを揺らしながら、階段を駆け下りていく。

止めたところで無駄なのか、無駄でも止めた方がいいのか迷っていたら、鹿島さんが非常階段を上がってきた。

新城がなんて言ったのか、鹿島さんは困っているような顔をして、ボクの前に立つ。

「どうしたの？」鹿島さんが言う。

「なんでもない」

「事務所に戻っていい？」

「良くない」

「だって、なんでもないんでしょ」

「なんでもなくない」

「どっち？」

「……えっと」

一緒にアルバイトしている女の子やたまに遊ぶ女の子達とは、何も考えずに話せる。女の子と話すのが得意というわけではないけれど、こんな風に身構えることはない。鹿島さんのことは、大学生になったばかりの頃から知っている。芸人とマネージャーとして一年間は、毎日のように一緒にいた。告白される前は、友達として親しくしていた。緊張する相手ではないはずなのに、正面から見られると何を話せばいいのかわからなくなる。

「何？」

「好きなんだ」

「えっ？」

「鹿島さんのことが好きだ」

「ええっ！」鹿島さんは顔を真っ赤にして、一歩下がる。「あの、その、ちょっと待って。えっと、でも」

「ボクと付き合ってほしい」

真っ赤な顔のまま深呼吸して、鹿島さんは頭を下げる。

「ごめんなさい！」ボリュームを間違えたような、大きな声で言う。

「榎戸君が好きだから？」

「違う」顔を上げ、首を横に振った後で、ボクを見る。「溝口のこと、今はもう、そういう風に好きじゃないから」

「そうか」

「だから、ごめんなさい」冷静になった顔で声も抑えて言い、鹿島さんは頭を下げる。

「謝ることじゃないよ」

「そうだね。ありがとう」顔を上げて、笑う。

「うん」

「戻るね」

鹿島さんは、階段を下りていく。

これで、ボクと鹿島さんは、友達に戻れるだろう。

入れ替わるように戻ってきた新城は、ボクを見て声を上げて笑う。

人をバカにして楽しんでいる新城の笑顔を見ていたら、胸の中の黒い塊が消えていくのを感じた。

いつかまた、あの黒い塊はボクの胸の中に戻ってくるだろう。

でも、もう大丈夫だ。

ボクには、話を聞いてくれる相方がいる。


鏡の前に立ち、ネクタイを締める。

新城がネクタイを締め終わるのを待ち、ジャケットを羽織り、楽屋として使っている会議室から出る。事務所を出て、廊下の先に進み、非常階段を上がる。劇場の裏口から入り、舞台袖に行く。

保子師匠の隣に立って、舞台上で手品をやっているテネシー師匠を見る。鳩《はと》のポッポさんが帽子から出て、劇場の中を一周した後で、テネシー師匠の肩に止まる。お客さんから拍手が起こる。

テネシー師匠の出番が終わり、司会者の芸人が舞台に出る。今日の司会者は、メリーランドより後輩の漫才コンビだ。初めての司会だから、緊張しているみたいで、動きがかたい。終わった後で、社長から駄目出しされるだろう。ボクと新城は、初めて司会をやった時に、社長から「ヘタくそ！」とだけ言われ、二回目はしばらくなかった。二人はお客さんに向かって話しながら、手品の道具を舞台袖に捌《は》けて、サンパチマイクを舞台の中央に置く。

「次は、若手のエース、メリーランドです」

司会者が言うと、照明が消えて、出囃子《でばやし》が流れる。

照明がつき、ボクと新城は舞台袖から駆けこんで、舞台の中央に立つ。

サンパチマイクの向こう側、ずっと夢見ていた場所にボク達は立っている。

今のボクから見て、マイクの向こうには、狭い会場を埋めつくすお客さんがいる。

みんながボク達を見ていて、笑い声が上がる。今はただ、この笑い声を聞くために、ここに立つ。

舞台に上がりつづけた先、メリーランドの未来は、そこにしかない。

本書は二〇一七年六月に刊行された『コンビ』を改題、文庫化したものです。

|著者|畑野智美　1979年東京都生まれ。10年以上アルバイト生活をしながら新人賞への応募をつづけ、2010年に『国道沿いのファミレス』で第23回小説すばる新人賞を受賞しデビュー。『海の見える街』で3作目にして吉川英治文学新人賞の候補に。同じく候補になった『南部芸能事務所』は、全5部作でシリーズ化され、本作はその完結刊である。他著に、テレビドラマ化された『感情8号線』をはじめ、『夏のバスプール』『罪のあとさき』『大人になったら、』『水槽の中』『神さまを待っている』などがある。

南部芸能事務所《なんぶげいのうじむしょ》　season《シーズン》5　コンビ
畑野智美《はたのともみ》

講談社文庫
定価はカバーに
表示してあります

2019年10月16日第1刷発行

発行者──渡瀬昌彦
発行所──株式会社　講談社
東京都文京区音羽2-12-21　〒112-8001
電話　出版（03）5395-3510
　　　販売（03）5395-5817
　　　業務（03）5395-3615
Printed in Japan

デザイン──菊地信義
本文データ制作──講談社デジタル製作
印刷────豊国印刷株式会社
製本────株式会社国宝社

ISBN978-4-06-517185-1

講談社文庫刊行の辞

二十一世紀の到来を目睫に望みながら、われわれはいま、人類史上かつて例を見ない巨大な転換期をむかえようとしている。

世界も、日本も、激動の予兆に対する期待とおののきを内に蔵して、未知の時代に歩み入ろうとしている。このときにあたり、創業の人野間清治の「ナショナル・エデュケイター」への志を現代に甦らせようと意図して、われわれはここに古今の文芸作品はいうまでもなく、ひろく人文・社会・自然の諸科学から東西の名著を網羅する、新しい綜合文庫の発刊を決意した。

激動の転換期はまた断絶の時代である。われわれは戦後二十五年間の出版文化のありかたへの深い反省をこめて、この断絶の時代にあえて人間的な持続を求めようとする。いたずらに浮薄な商業主義のあだ花を追い求めることなく、長期にわたって良書に生命をあたえようとつとめるところにしか、今後の出版文化の真の繁栄はあり得ないと信じるからである。

同時にわれわれはこの綜合文庫の刊行を通じて、人文・社会・自然の諸科学が、結局人間の学にほかならないことを立証しようと願っている。かつて知識とは、「汝自身を知る」ことにつきていた。現代社会の瑣末な情報の氾濫のなかから、力強い知識の源泉を掘り起し、技術文明のただなかに、生きた人間の姿を復活させること。それこそわれわれの切なる希求である。

われわれは権威に盲従せず、俗流に媚びることなく、渾然一体となって日本の「草の根」をかたちづくる若く新しい世代の人々に、心をこめてこの新しい綜合文庫をおくり届けたい。それは知識の泉であるとともに感受性のふるさとであり、もっとも有機的に組織され、社会に開かれた万人のための大学をめざしている。大方の支援と協力を衷心より切望してやまない。

一九七一年七月

野間省一